alta mar

Misterio

Bruño

Miedo y misterio en los Pirineos

Pilar López Bernués

Ilustración
Ximena Maier

Taller de lectura
Begoña Lozano y Alfredo Borque

Juan Ignacio Luca de Tena, 15. 28027 Madrid.

Dirección editorial
Trini Marull

Edición
Begoña Lozano

Preimpresión
Francisco González

Diseño
Inventa Comunicación

Primera edición: marzo 2008
Segunda edición: noviembre 2008

ISBN: 978-84-216-5417-0
D. legal: M. 49954-2008
Impresión: Edigrafos, S. A.

Printed in Spain

Pilar López Bernués

El autor

- Nací en Barcelona en 1957. Vivo con mi marido, mi hijo y un encantador personaje de cuatro patas: un pastor alemán.
- Mi gran pasión es el alpinismo, aunque dejé de practicarlo muy pronto.
- Escribo por afición desde pequeña. Al escribir me sumerjo en la trama y «vivo» con los protagonistas; por ese motivo intento crear relatos de intriga, misterio y acción con algo de suspense; pero también con referencias a la naturaleza y al valor de la amistad.
- He publicado en esta misma colección *El secreto del caserón abandonado* y *El misterio de los cachorros desaparecidos.*

alta mar

Para ti...

¿Te acuerdas de Rafa, Ana, Víctor, Jordi, Álex, Nuria y David? Se conocieron un verano y desde entonces pasan mucho tiempo juntos.

En esta ocasión los encontramos practicando rafting, ilusionados y deseosos de sentir la emoción de descender por un río de aguas bravas a bordo de un bote neumático, sorteando las piedras a fuerza de remar, sosteniéndose en equilibrio sentados sobre la borda...

Nada les hacía sospechar que se verían involucrados en una nueva aventura, y que una circunstancia sorprendente les llevaría a un hallazgo aún más sorprendente; un nuevo misterio les espera, y su resolución, de conseguirse con éxito, será tremendamente importante... ¿Te apuntas a desentrañarlo? Solo tienes que pasar la página y «vivir» la experiencia junto a todos ellos.

A mis padres, Francisco y Pilar.
Con todo mi amor.

1

Una actividad muy emocionante

—¿TÚ sabes cómo se ponen las botas? –preguntó Nuria a su amiga Ana en el vestuario del club deportivo.

—Yo diría que encima del mono –respondió la aludida.

—¡Cuesta ponerse este traje! –continuó la primera muchacha.

—No van por encima, sino dentro del pantalón. De lo contrario os entrará agua –interrumpió una joven que también se estaba enfundando el equipo de goma con el que practicarían rafting.

—¡Pues aún parece más difícil! –añadió Ana.

Ana y Nuria se hallaban en el Pirineo de Lérida en compañía del resto de la pandilla: Álex, Jordi, Víctor y Rafa; también les acompañaba David, el compañero de escaladas de Rafa, con el que intimaron todos cuando se conocieron, meses atrás, y que desde entonces a menudo se unía a sus planes. La más contenta con su presencia era Nuria; le parecía ¡un chico guapísimo!, y además tenía aficiones similares a las suyas, le gustaban lecturas parecidas y poseía un concepto de la vida muy semejante...

Como las clases habían terminado, los muchachos pudieron desplazarse a mediados de semana hasta su destino, pero solo disponían de cuatro días; no habían logrado convencer a sus padres para que les dejaran una semana y, por otro lado, David tenía que reincorporarse al trabajo el lunes próximo. El jueves habían partido en tren desde Barcelona, llegaron a la población, buscaron un albergue y corrieron al polideportivo para apuntarse a las actividades de rafting. Por suerte para ellos, al día siguiente había previstas varias salidas, y allí se encontraban un viernes, en las instalaciones del club, sudando para colocarse los equipos de goma.

Cuando Ana logró enfundarse dentro de su traje, caminó hasta un espejo y se rió con ganas de su aspecto. Con una goma elástica se recogió su melena pelirroja en una coleta. De reojo, vio que Nuria caminaba hacia ella para hacer lo propio con su pelo negro azabache. La segunda muchacha no había sudado tanto para colocarse el traje; todavía estaba muy delgada debido a su reciente anorexia. Iba mejorando de la enfermedad porque seguía un tratamiento, pero la ayuda de sus amigos era la más eficaz, en especial la de Álex, el benjamín del grupo, un chaval sobrado de peso que estudiaba piano; adoraba la música clásica tanto como darle a la mandíbula y disfrutaba mortificando a Nuria por su anorexia; la llamaba «casi guapa» porque para él la chica estaría guapísima con unos pocos kilos más. Ana y Nuria tenían catorce y quince años, y Álex, solo doce, pero él se consideraba a sí mismo muy desarrollado pese a su edad, y si el resto del grupo no pensaba igual, le importaba bien poco... ¿Acaso no era un genio en música? ¿No era capaz de componer al piano temas propios y de interpretar con acierto a algunos clásicos? Y si sus amigos no lo entendían, pensó Álex, era su problema...

Mientras Ana se contemplaba en el espejo del club, pensó que Rafa estaría guapísimo enfundado en el traje de poliuretano... ¿polietileno? ¡Daba igual el nombre! Estaría guapísimo... Rafa y Ana se enamoraron nada más verse hacía ya un tiempo y seguían saliendo juntos. Por desgracia para Ana, el chico era alpinista y se le escapaba muchos fines de semana para ir a escalar con David; pero ella, en el fondo, admiraba esa faceta suya, su valentía, su amor a la naturaleza y, sobre todo, sus convicciones ecologistas.

Víctor, el hermano de Álex, robusto pero bien proporcionado y dos años mayor que él, también admiraba a Rafa porque también deseaba ser alpinista, y le incordiaba constantemente para que le permitiera acompañarle en sus salidas. Ese era el punto de desunión con su mejor amigo: Jordi, un chaval delgado de pelo rubio y ojos muy azules que protegía tras sus gafas de montura metálica. Víctor y Jordi eran amigos íntimos, compartían su afición a la informática y los videojuegos, y por ese motivo hablaban entre ellos usando el lenguaje ASCII, que es el número que corresponde a cada letra o signo de un teclado de ordenador. Pero si Víctor se desvivía por la montaña, Jordi lo hacía por el fútbol. Ahí discrepaban, aunque su amistad era inquebrantable y pasaban mucho tiempo juntos, y si no se veían, siempre les quedaba el recurso de chatear vía Internet.

Cuando Ana y Nuria salieron del vestuario se encontraron en un amplio corredor. Los chicos ya estaban allí, a excepción de Álex.

—¿Dónde está? –preguntó Nuria.

—Su barriga no cabía dentro del traje y ha ido a buscar uno más grande –respondió Víctor–. ¡Pero no sé si lo encontrará! –añadió bromeando.

—Deja de meterte con él –pidió Rafa.

En aquel momento, el aludido regresó con otro equipo.

—¡Chicos! –exclamó–: ¡Parecéis astronautas o algo así!

—Y tú parecerás una ballena si consigues meterte ahí dentro –replicó su hermano–. ¡Y espabila de una vez, que solo faltas tú!

Álex ignoró a Víctor y entró en el vestuario, aunque antes miró a Nuria y afirmó:

—¡Caray, casi guapa, te sienta bien el equipo; con él no pareces un poste!

Rafa clavó la vista en el techo con una mueca de resignación. Estaba claro que la gordura de Álex y la extrema delgadez de Nuria eran temas constantes de conversación.

Ana observó a su novio y lo encontró guapísimo: con aquella indumentaria aumentaba su aspecto aventurero y valiente. Rafa, a su vez, se acercó a ella y le susurró:

—¿Nerviosa?

—Bueno... Un poco, sí. ¡Pero creo que será divertido!

El más entusiasmado con la nueva experiencia era Víctor; de hecho, la idea de practicar rafting había sido suya. David y Rafa también ardían en deseos de probarlo, pues, aunque ambos adoraban los deportes de aventura, hasta ese momento solo se habían dedicado a la escalada. Jordi habría preferido quedarse en Barcelona; el único deporte que le interesaba era el fútbol, y el resto de deportes decidió que podía «vivirlos» en la consola sin correr riesgos, pero no quiso convertirse en el bufón del grupo ni tampoco perderse la ocasión de pasar cuatro días con la pandilla. También por ese motivo se habían apuntado Álex y Nuria. Y en cuanto a Ana, estaba dispuesta a casi todo con tal de acompañar a Rafa.

Cuando los participantes estuvieron listos, un monitor les entregó los chalecos y los cascos.

—¡Me ha entrado a la primera! –exclamó Álex, ajustándose el casco en la cabeza.

—Es que tus ideas no abultan tanto como tu barriga –respondió Víctor socarrón.

—Pues si va de ideas, a ti te irán todos flojos –replicó su hermano.

—Por favor –pidió Rafa de nuevo–, si vamos a estar juntos hasta el domingo, sería interesante que dejarais de decir sandeces.

Aunque Nuria intentaba disimular, no podía apartar los ojos de David ni ignorar su parecido con Tom Cruise, un actor que le entusiasmaba. ¡Estaba guapísimo con su equipo! ¡Qué lástima que solo se fijara en ella como amiga! En cambio, a David le gustaba Ana, saltaba a la vista. ¡Si no fuera la novia de Rafa...! Nuria, que era tímida por naturaleza, sabía que estaba un poco ruborizada, y eso la hacía sentirse estúpida y tremendamente mal.

Una vez que todos los participantes tuvieron un casco salieron al exterior. Allí aguardaban cuatro vehículos todoterreno y una furgoneta con las barcas y remos.

—¡Si son de goma! –exclamó Jordi al oído de su amigo Víctor.

—¿De qué esperabas que fueran?

—No sé, pero ¿eso resistirá los golpes contra las rocas? –inquirió el primero.

—¡Enseguida lo sabremos! –afirmó Víctor, radiante de felicidad y entusiasmado ante la idea de probar aquel deporte.

—77 73 69 82 68 65 –murmuró Jordi, lo cual en lenguaje común significaba «mierda».

—71 85 65 73 –replicó su amigo para decir «guay».

Álex, que estaba cerca de su hermano Víctor y de Jordi, y que entendía el lenguaje ASCII siempre que hablaran en mayúsculas, afirmó:

—¿Cómo podéis ser amigos, tíos? ¡Vaya gustos más distintos tenéis!

—¿Y tú qué sabes? –replicó Jordi, apoyado por Víctor.

—Es que yo miro a la gente... ¡Y por eso sé muchas cosas!

—¡66 65! –exclamó Víctor.

—Si has dicho «ba», te falta una hache –se mofó Álex.

—Es que cuando hablamos en ASCII eliminamos lo inútil –replicó Jordi, defendiendo a su amigo.

—¡Ya! –replicó el aludido–. ¿Lo elimináis por comodidad o porque sois unos incultos?

—¡Basta! –exclamó Rafa, que estaba oyendo la conversación y parecía cobrar tintes de discusión–. ¿Cómo va a ir bien el mundo si hasta los amigos se dedican a incordiarse?

—¡Ya saltó el ecologista! –gritó Jordi.

—¡Ni ecologista ni nada! –terció David–. ¿A qué viene discutir? ¿Alguno de los tres puede decirme el motivo de la disputa?

Se hizo el silencio y, de inmediato, los monitores anunciaron que se iniciaba la actividad de rafting...

Los chicos y el resto de participantes se distribuyeron entre los vehículos y en pocos minutos se pusieron en marcha.

Circularon varios kilómetros río arriba hasta el lugar desde el que iniciarían el descenso, y que concluiría en las inmediaciones del club deportivo algunas horas más tarde.

Esa misma mañana acabaría la actividad, en efecto, y nada les hacía sospechar que iban a verse de nuevo involucrados en una serie de sucesos misteriosos que les aguardaban al final del viaje...

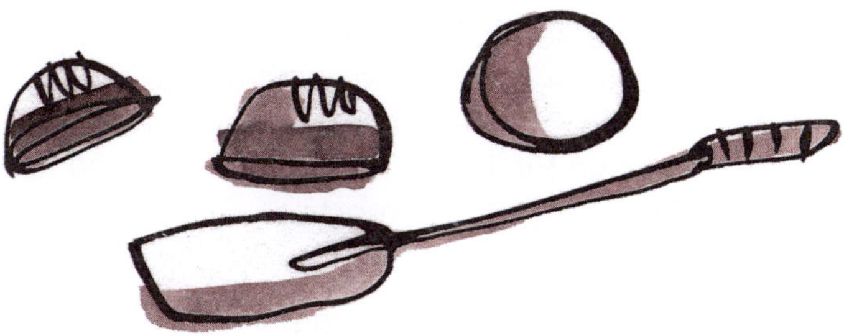

2

¡Empieza la aventura!

LOS vehículos llegaron a su destino, una pequeña explanada cercana al río. En cuanto Jordi vio la violencia con que discurrían las aguas se mordió los labios... «Víctor y sus manías aventureras», pensó, malhumorado.

Los monitores bajaron las cuatro barcas de la furgoneta y las alinearon en el suelo. Una era un poco más grande que las demás y disponía de espacio para ocho tripulantes; las otras tenían cabida para seis personas y el guía. Aparte de nuestros amigos, había quince o veinte personas más que habían pagado para descender en un bote de goma por un río de aguas bravas.

Los participantes se distribuyeron entre las embarcaciones y los chicos se colocaron junto a la más grande para poder descender todos juntos; a ellos se sumó un joven japonés, que iba solo. Completada la tripulación, el monitor que iba a acompañarlos les dio una clase teórica.

—Me llamo Óscar –empezó–. ¿Alguno de vosotros ha practicado antes?

Todos negaron con la cabeza, incluido el japonés.

—Muy bien. Os tenéis que sentar en el borde de la embarcación y colocar un pie en el interior de esas lengüetas. No soltéis nunca el remo. ¿Entendido? ¿Queda claro?

Todos asintieron.

—Perfecto –continuó Óscar–. Los dos primeros se denominan *jumpers* y son los encargados de marcar el ritmo, pero seré yo quien dé las órdenes y diga cuándo hay que remar, cuándo no, cuándo solo deben hacerlo los de la izquierda o cuándo los de la derecha. ¿Lo entendéis todos?

—¿Y si alguno se cae? –preguntó Jordi, que no las tenía todas consigo.

—Ahora os lo explico, pero primero colocaos en vuestros puestos; vamos a practicar las instrucciones y el modo de coger los remos.

—¡Quiero ser *jumper!* –exclamó Víctor.

—Muy bien –otorgó Óscar–. ¿Quién será el otro?

—¡Yo! –pidió Ana.

—De acuerdo. Situaos todos en vuestras posiciones.

Ana se colocó al lado izquierdo de la embarcación, y detrás de ella se pusieron Rafa, Nuria y el japonés. El lado derecho de la barca lo ocuparon en el siguiente orden: Víctor, David, Álex y Jordi. Óscar se situaba al final del bote y era el encargado de dirigir las maniobras.

Los chicos practicaron con el remo, aunque eso de hacerlo en el suelo les hizo sentirse un poco ridículos y reírse a carcajadas. Óscar corrigió algunos defectos y de pronto exclamó:

—¡Izquierda!

Ana, Rafa, Nuria y el japonés empezaron a remar. El resto de los participantes se limitó a sostener el remo apartándolo del exterior, pero Álex se «coló» y se sumó al grupo de remadores.

—¡Es que me lío con eso de izquierda y derecha! –explicó.

—¡Pues haz un curso intensivo! –le gritó su hermano–. ¡Serás capaz de hundirnos!

—¡Alto! –gritó Óscar–. ¡Todos atrás! –siguió–. ¡A sus puestos!

Más tarde, con voz fuerte y firme, añadió:

—¡Derecha! –y más adelante–: *¡Jumpers!*

Entre carcajadas, y rodando por la barca, los chicos fueron obedeciendo las instrucciones del monitor hasta que pasó a dar una clase de seguridad y primeros auxilios:

—Si alguno se cae –explicó–, ha de colocarse con las piernas encogidas y de espaldas a la corriente para evitar que el agua le impida respirar. No tenéis que soltar nunca el remo y, sobre todo, no os pongáis nerviosos. Llevamos una cuerda en la barca, pero no suele ser necesaria. La mayoría de las veces los propios tripulantes «pescamos» al caído cogiéndolo del chaleco; si no podemos, intentaremos varar la embarcación en el primer sitio disponible y esperaremos que la corriente nos acerque al náufrago o le echaremos el cable de cuerda, según veamos.

La clase teórica todavía duró algunos minutos más. Finalmente, los tripulantes de la primera barca la acercaron al río y todos subieron a destajo. De inmediato, la fuerte corriente arrastró la embarcación haciéndola girar y sorteó la primera roca con todos los participantes de espaldas. Jordi y Nuria miraron la escena con el corazón encogido y pensando que se habían metido en una empresa demasiado expuesta. La segunda barca zarpó, luego la tercera... Ya solo quedaban los chicos.

Los muchachos acercaron su vehículo al borde del agua. Rápidamente subieron a bordo los tripulantes de la izquierda, ocupando sus puestos, y de inmediato los de la derecha y el monitor. En cuanto se pusieron en marcha sobrepasaron a la tercera embarcación, que había quedado trabada en unas rocas, y recibieron entre carcajadas una ducha de agua que les echaron con los remos.

—¡Qué guay! –exclamó Víctor–. ¡Tenemos que llegar los primeros, tíos!

—¡Izquierda! –gritó Óscar.

Pero los chicos reaccionaron demasiado tarde y la barca colisionó con otra enorme roca y quedó encallada.

—¡Todos atrás!

Los ocho tripulantes se lanzaron a la popa de la barca para conseguir que el peso la destrabara, cosa que sucedió de inmediato.

—¡A sus puestos! –gritó Óscar.

Resbalando por el interior del bote, cada uno ocupó su lugar a destajo.

—¡Derecha!

—¡Un momento! –gritó Álex–. ¡No puedo colocar el pie sin soltar el remo!

—¿Un momento? –repitió Víctor–. ¡Díselo al río!

En aquel instante, el cauce entró en un pequeño cañón y la embarcación descendió vertiginosamente unos metros, sorteando algunas rocas.

—¡Alto! –ordenó Óscar–. ¡Todos! ¡Rápido! –continuó.

—¡Eh! –gritó Víctor, que iba delante–. ¡Se ha caído uno de la segunda barca y lo están pescando!

—¡Hay que ganarles! –exclamó Ana.

—¡Venga! ¡Todos! –gritó el monitor–. ¡Con fuerza!

—¡Ya son nuestros! –vociferó Víctor, entusiasmado.

Rebasaron a la embarcación y recibieron entre risas otra ducha, pero perdieron velocidad un poco más adelante y entonces oyeron a sus espaldas:

—¡Al abordaje!

El bote que acababan de dejar atrás les iba a la zaga y solo unos metros lo separaban del de los chicos. Los embistieron, pero no lograron sobrepasarlos.

—¡Somos los mejores! –gritó Víctor, entusiasmado.

—¡Es divertidísimo! –dijo Rafa.

Unos minutos más tarde, Ana cayó al agua y la corriente arrastró el bote por delante de ella. La muchacha intentó recordar las instrucciones recibidas y lo primero que pensó, curiosamente, fue que no debía soltar el remo... Lo agarró con más fuerza y trató de ponerse de espaldas a la corriente, como les había explicado Óscar, pero no conseguía dominar su cuerpo. Sabía perfectamente qué debía hacer, pero era incapaz; no lograba controlar sus miembros, pues el agua la arrastraba a ella y al bote.

Unos metros más adelante, el río era un poco más ancho y el cauce discurría más lento. Sacando a duras penas la cabeza, Ana vio que la embarcación se paraba. Por fin consiguió ponerse de espaldas a la corriente mientras oía que le gritaban: «No sueltes el remo», «Tranquila, déjate llevar».

«El remo –pensó para sí la muchacha–, ¡pero si es de lo primero que me he acordado, por increíble que parezca!».

—¡Ya está! –consiguió gritar–. ¡Estoy encogida y de cara a vosotros!

—¡Pero ya no hace falta! –exclamó Óscar–. ¡Puedes venir caminando hasta aquí, que no cubre!

Sintiéndose un poco ridícula, Ana nadó hasta el bote y enseguida fue izada por Óscar y David, que la cogieron por el chaleco.

—¡Corre! –gritó Víctor–. ¡Que nos van a alcanzar!

—¿Te has hecho daño? –preguntó Rafa.

—No. ¡Es divertidísimo!

—Sí que lo es –otorgó Jordi, que ya no lamentaba haberse apuntado a la aventura.

La embarcación entró en otro cañón y bajó vertiginosamente entre las rocas hasta llegar a un pequeño remanso. Óscar ordenó acercar el bote a la orilla y esperar.

—¿Y eso? –protestó Víctor.

—¡Vamos a ver cuántos caen en esa bajadita! –respondió el monitor.

Pero no hubo suerte. Los tripulantes de los botes que habían dejado atrás lograron llegar sanos y salvos al remanso.

—¡Deprisa! –pidió Víctor–. ¡Que no nos pasen!

Todos empezaron a remar frenéticamente, ganando terreno y riendo a carcajadas.

—¡Es superguay! –exclamó Nuria.

—¡Genial! –afirmó Víctor.

—¡De fábula! –corroboró Álex.

El remanso quedó atrás, sobrepasaron otro cañón y entonces vieron que la embarcación que iba por delante se había detenido y sus tripulantes saltaban al agua subiendo una y otra vez a los restos de un puente en ruinas.

—Aquí descansaremos un rato –dijo Óscar–. Tirarse al río desde el puente también es divertido.

3

El descubrimiento de Rafa

LOS cuatro botes hicieron un alto en aquel lugar y los tripulantes saltaron al agua. Se hallaban en un pequeño remanso con abundante vegetación en las orillas y restos de un puente de piedra en el lado derecho; solo quedaba aquel pilar de lo que algún día lejano fue un paso entre ambas orillas. Muy cerca del puente desembocaba un barranco abrupto que bajaba directamente de la montaña y que apenas llevaba agua.

Nuestros amigos se sumaron a la actividad que ya estaban practicando el resto de participantes. Consistía en encaramarse a los restos del puente y saltar al río desde unos tres metros de altura. Era divertido y todos repitieron varias veces después del primer intento. Como en aquel punto había bastante profundidad, Víctor aprovechó la circunstancia para lanzarse haciendo piruetas.

Algo molestó a Rafa mientras aguardaba su turno para zambullirse: en el barranco, solo un poco más allá, una botella de agua había quedado atrapada

antes de llegar al río principal. Aquello afeaba el paisaje, y el muchacho, que era un ecologista nato, caminó los tres metros que le separaban del barranco para coger aquel desecho y arrojarlo lejos de la vista. Se trataba de una botella pequeña de plástico y estaba cerrada con su correspondiente tapón. Pero algo desconcertó al chico: en el interior del recipiente alguien había colocado cuidadosamente un papel doblado. Con curiosidad, Rafa extrajo la nota y todavía se quedó más perplejo...

—¡Rafa! –gritó Víctor desde el puente–. ¡Nos vamos!

El líder del grupo se guardó la nota en una de las mangas del traje de goma, depositó la botella vacía en medio de unos matorrales, ocultándola de la vista, y corrió a reunirse con los demás.

—¿Qué hacías? –preguntó Ana.

—Esconder basura; ahora no puedo llevármela.

—Eso no es ecológico –le pinchó Jordi.

—Claro que no –otorgó Rafa–, pero es lo único que puedo hacer en este momento.

—¡Rápido! –interrumpió Víctor–. ¡Hemos de conservar la ventaja y ganar a los de delante!

Con rapidez, todos se situaron en sus puestos y el descenso continuó entre carcajadas. Estaban a punto de dar alcance al primer bote cuando Nuria perdió el equilibrio, se agarró al cordino que rodeaba la barca y estuvo unos segundos tambaleándose hasta que Álex, desde el lado contrario, la agarró por el chaleco... Pero lo hizo con tanta fuerza que empotró a la muchacha en el interior de la embarcación y él cayó de espaldas por la borda. Entre David y Óscar le cogieron enseguida, aunque con esfuerzo, y perdieron la ocasión de dar alcance a la primera barca.

—¡Tenías que ser tú! –refunfuñó Víctor.

—¡Calla! He salvado a Nuri, ¿no?

—¡Lástima! –exclamó Ana.

—¿Lástima? –preguntó David.

—Se ven las primeras casas del pueblo; estamos llegando...

En efecto, el río ya discurría plácidamente y se encontraban muy cerca de la población por su lado norte. Sabían que tendrían que atravesarla porque el club deportivo se hallaba en la otra punta, en el sur, pero lo más interesante acababa de terminar...

—¡Chicos! –exclamó Víctor–. ¡Sonreíd, que nos están filmando!

Efectivamente, sobre un puente y ya dentro del pueblo, un grupo de gente observaba el descenso de las embarcaciones y uno de ellos llevaba una pequeña cámara. Aquello hizo que Víctor se sintiera importante, y con él, el resto del grupo.

Unos minutos más tarde, los botes llegaron al final del recorrido. Todos lo habían pasado de fábula, incluyendo a Jordi y a Nuria, que en un principio eran los menos interesados en la experiencia. Los chicos caminaron hasta los vestuarios, se ducharon, volvieron a vestirse con su indumentaria y amontonaron en un rincón los trajes de goma, los cascos, los remos y los chalecos. A la salida del club vieron expuestas unas fotos que les habían hecho durante el descenso.

—¡Yo quiero una copia! –exclamó Álex.

Todos deseaban tener una.

—¡Y una camiseta! –siguió Víctor–. ¡Molan un montón!

Los chicos juntaron sus ahorros y contaron el dinero del que disponían. Si pedían una foto y una camiseta para cada uno, les quedaba lo justo para pagar el alojamiento y comer solo de bocadillos hasta el domingo...

—No podremos comprarnos ni un helado –observó Rafa–, y los bocatas nos los tendremos que fabricar nosotros: ¡nada de ir a un bar! ¿Qué hacemos?

—Lo siento –intervino David, que era el único que trabajaba–, pero no tengo ni un céntimo en mi cuenta hasta que cobre y no llevo la Visa encima.

—Suerte que ya tenemos los billetes de vuelta –dijo Nuria.

—¡Vamos! –pidió Ana–. ¡Compremos las camisetas! Quiero fardar cuando vuelva a casa y pueda lucirla con mis amigas. ¡Además son bonitas!

—Accedo... –dijo Álex con un suspiro.

—¡Hecho! –exclamó Víctor–. Si el *container* de mi hermano se conforma...

—Todos queremos un recuerdo –interrumpió Ana.

—Y las camisetas molan –siguió Jordi.

Los muchachos encargaron siete copias de la fotografía, que recogerían al día siguiente o el domingo, y también compraron camisetas serigrafiadas con las palabras «rafting» y «deportes de aventura». Ana y Nuria las eligieron de color amarillo; Jordi se quedó una azul; David la prefirió gris, y el resto de los chicos las pidieron con fondo negro y letras rojas y amarillas.

—¡Es una pena! –suspiró Ana, ya en el exterior.

—¿De qué hablas? –preguntó Rafa.

—Me habría gustado repetir, pero estamos sin blanca.

—Otra vez será. ¡Volveremos!

—Se ha pasado la mañana volando –dijo David–. ¡Son casi las dos!

—¡Ha sido una pasada, tíos! –exclamó Víctor–. ¿O no, Jordi?

—Reconozco que me he divertido.

—¿Te das cuenta? –siguió su amigo–. ¡Y no querías venir!

—Es viernes –continuó Jordi–. ¿Qué haremos hasta el domingo?

—¡Excursiones! –afirmó Víctor.

—¡Tu padre las hará! –replicó el primero–. El rafting ha sido divertido, pero eso de subir montaña arriba y cansarse como un idiota, total para volver a bajar, no se ha hecho para mí.

—¿Visitamos alguna ermita románica? –sugirió Nuria.

—¡Nuri! ¡Que no estamos en el cole! –replicó Víctor.

—¡Eres un inculto! –afirmó Álex.

—Lo que tú quieras, pero me niego a estudiar si estoy de vacaciones.

—¿Te inventas un acertijo, David? –sugirió Jordi.

—Yo propongo uno –interrumpió Rafa.

Todos los muchachos miraron al líder del grupo y lo vieron extraer una hoja del bolsillo del pantalón y desdoblarla; era un papel recortado a mano de un trozo más grande y cuadriculado. En voz alta leyó lo siguiente:

—«CAN BELANYÉ. SOCORRO. ¡POR FAVOR, AYUDA!».

—¿Qué es eso? –preguntó David.

—Un mensaje que encontré en una botella.

—¡Anda, tío! –replicó Álex.

—78 79 77 69 76 79 67 82 69 79 –afirmó Víctor.

—Ha dicho: «No me lo creo» –aclaró Jordi, y añadió–: Yo tampoco.

—Pues es verdad. Estaba junto al puente desde el que nos tiramos al río y al lado del barranco. Parece que el agua la ha arrastrado hasta allí desde un lugar de la montaña...

—Puede ser una broma –opinó David–. Suena a eso.

—Quizá –otorgó Rafa–. Pero «algo» me dice que...

—¡No! –suspiró Jordi–. El barranco bajaba de una montaña superescarpada y altísima. ¿No pensaréis remontarlo?

—¿Por qué no? –intervino Víctor–. ¿Se os ocurre algo mejor que hacer?

—¿Y si es una broma? –preguntó Nuria.

—Habremos hecho una pequeña excursión –respondió Rafa.

A Nuri no le atraía mucho la idea, pero decidió no decir nada. No quería parecer una niña de ciudad al lado de David.

—No tengo ganas de ir de excursión –replicó Jordi.

—¿Y qué propones? –preguntó Víctor.

—Ir a una sala de juegos y matar marcianos.

—Te recuerdo que estamos sin blanca –respondió su amigo.

—Eso me recuerda que no hemos comido, y son las dos –intervino Álex.

—Y las tiendas ya están cerradas –añadió Ana.

—¿Vamos a un bar? –sugirió el benjamín del grupo.

—Si vamos, no podremos pasarnos, que somos pobres –dijo Rafa.

—¡Venga, tíos, un bocata y una coca cola! –pidió Álex–. Esta tarde podemos comprar provisiones y economizar...

Todos estuvieron de acuerdo porque tras el ejercicio se sentían hambrientos. Caminaron por las calles de la población y ojearon las cartas de algunos restaurantes, pero les resultaron prohibitivas.

—Es mejor que nos alejemos de la calle principal –dijo David–. Seguramente encontraremos sitios más económicos en callejuelas del interior.

Unos minutos más tarde, los muchachos hallaron un bar bastante desvencijado y de aspecto lúgubre, pero los precios estaban a su alcance. Entraron, ocuparon dos mesas y pidieron bocadillos.

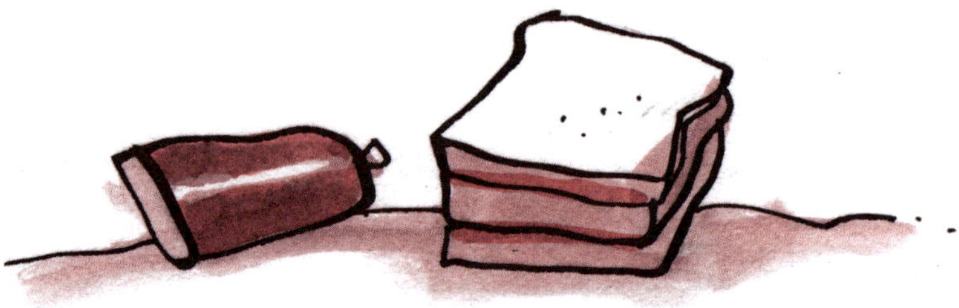

4

Un personaje siniestro

–¿CREÉIS que vale la pena tomarse en serio ese mensaje? –preguntó Ana mientras atacaba con apetito su bocadillo de chorizo.

—Probablemente no –otorgó Rafa.

—Yo diría que lo ha hecho alguien que no sabe escribir muy bien –observó Nuria, con el papel en la mano.

—¿Por qué, casi guapa? –preguntó Álex, con la boca llena.

—¿No veis ese trazo inseguro? Parece como si las letras se tambaleasen...

—Será una broma de algún zumbado –dijo David–. ¿A quién se le ocurriría semejante estupidez? El que ha escrito eso tenía una posibilidad entre un millón de que alguien encontrara la nota.

—¡Pues le ha tocado la lotería! –afirmó Víctor.

—¡Es una chorrada! –opinó Jordi–. Será obra de excursionistas o de algún sonado que se aburría y se ha entretenido jugando a ser robinsón.

—Puede ser –dijo Rafa–, pero eso de Can Belanyé... suena al nombre de una casa.

—¿Y qué? –replicó Jordi.

—Y esa letra tan insegura... –continuó el mayor.

—Si alguien estuviera en peligro, no podría escribir y tirar la botella –opinó Álex.

—¿Por qué no? –replicó Ana–. Estar en peligro no es lo mismo que hallarse prisionero.

—Pero peligro en una casa, una aldea, o lo que sea eso de Can Belanyé... –murmuró Nuria.

—¿Fuego? –sugirió Álex, pero al momento comprendió que había dicho una tontería.

—¿Contrabandistas o ladrones? –continuó Jordi.

—Eso no podemos saberlo –dijo Rafa–, pero teniendo en cuenta que ha estado en la botella y que se ha colado algo de humedad, yo diría que es bastante reciente...

—¿Por qué? –preguntó Víctor.

—La tinta se ve bien y el papel está poco deteriorado...

—¡Ahora vamos a jugar a hacer de detectives! –bufó Jordi.

En aquel momento, un sujeto completamente borracho salió de los servicios, se sentó en la barra y pidió una cerveza. Los chicos lo observaron en silencio mientras el encargado del local, que parecía conocerle, trataba de disuadirle para que no siguiera bebiendo.

—No podrás dar un paso –dijo el camarero.

—¿Y qué? Ahora soy libre. Cuando murió mi mujer, dejó de incordiarme, porque era un incordio, ¿sabes? Siempre tan santurrona, tan metomentodo...

—No deberías hablar así de los muertos.

—¡Ja, ja, ja...! ¿Por qué no? ¿A quién le importa?

El camarero sirvió con resignación la cerveza y se dedicó a lavar vasos. El cliente, sin percatarse de que ya no le prestaba atención, siguió hablando:

—Ella convirtió a los chicos en unos vagos y unos inútiles...

—No sabía que tuvieras hijos –interrumpió el encargado del bar.

—No los tengo... Sí... Bueno, no... Se los quedó la abuela cuando murió la bruja de su madre. Porque era una bruja. Sí que lo era...

—¡Vaya antro hemos elegido! –susurró Ana.

—Y que lo digas –corroboró Nuria.

En aquel momento, el borracho se fijó en los chicos y sin moverse de su sitio balbuceó:

—¿No deberíais estar en la escuela?

—No hay cole en verano –aclaró Álex.

—¿No? Tampoco debería haberlo en invierno. ¿De qué sirve estudiar? ¿Eh? El trabajo es lo único que cuenta. El pan hay que comerlo cada día y hay que conseguirlo; lo otro son tonterías.

Ana estuvo a punto de replicar a aquel tipo diciéndole que él no parecía seguir su propio ejemplo, pero se abstuvo por prudencia.

—¡Eh, José! No molestes a los chicos –intervino el camarero.

—¿Molestar? ¿Acaso estoy molestando? Solo les he hecho una pregunta... ¿Os he molestado? –inquirió.

Rafa se limitó a negar con la cabeza, y en ese mismo instante, Nuria se estremeció ante la mirada de aquel sujeto. Independientemente de su estado de embriaguez, poseía una expresión turbia y cruel.

—¡Dios mío! –susurró al oído de Álex–. ¡Ese tipo tiene unas vibraciones terribles!

—¿Ya estás ejerciendo de bruja, casi guapa?

—¡Si salta a la vista! No hace falta ser vidente para verlo.

—¿Qué hacéis aquí? –preguntó el borracho.

—Rafting –respondió Víctor.

—Raaa... ¿qué?

—Hemos bajado el río en un bote –aclaró Rafa.

—¡Valiente estupidez!

Los chicos empezaban a sentirse a disgusto y, como habían terminado el tentempié, decidieron pagar la cuenta y abandonar el local. No obstante, antes de marcharse, Rafa se dirigió al camarero y preguntó:

—¿Hay por aquí alguna casa, aldea o lugar al que denominen Can Belanyé?

—No me suena el nombre... De todas formas no soy de aquí y solo hace unos meses que vivo en el pueblo.

En aquel momento, el borracho se puso en pie, dejó unas monedas sobre el mostrador y, tambaleante, caminó en dirección a la puerta sin dejar de murmurar obscenidades contra su mujer. Ya en la salida, eructó sonoramente y se despidió con un «adiós a todos».

Los chicos abandonaron a su vez el local a los pocos minutos. Ya en la calle, Ana preguntó:

—¿Qué hacemos?

—Esperaremos hasta que abran las tiendas y compraremos provisiones –respondió Rafa–. También me gustaría encontrar un mapa topográfico de este sitio...

—¡No te rindes! –interrumpió David–. ¿No ves que ese mensaje que has encontrado es una estupidez? Seguro que es cosa de críos, un juego o...

—Ya lo sé, pero puede no serlo, y no tenemos nada que hacer.

—¡Lo que pasa es que quieres ir de excursión! –estalló Jordi–. Y la ocasión te ha venido de perlas.

—Puedo ir yo solo a echar un vistazo –respondió Rafa–. No he pedido a nadie que me acompañe.

Los chicos iban caminando en dirección a una pequeña plaza en la que pensaban esperar hasta que los comercios abrieran de nuevo. Se hallaban en la zona antigua de la población y allí las calles eran estrechas y oscuras. De pronto, alguien sujetó a Rafa por el brazo.

—¡Eh! –exclamó el muchacho, sorprendido.

Todos los chicos se detuvieron de inmediato, rodearon a su amigo y comprobaron atónitos que el sujeto que le había detenido era el borracho del bar.

—¿Para qué quieres saber donde está Can Belanyé? –preguntó.

—¿Y a usted qué le importa? –estalló Rafa, soltándose con brusquedad.

—Can Belanyé es un antiguo convento. Está al lado de una ermita en ruinas y un cementerio saqueado. ¡Ja, ja, ja...! Dicen que los cadáveres de las monjas los sacaron cuando la guerra... ¡Ja, ja, ja! Está monte arriba y al sur del pueblo, encima del embalse. Pero yo de vosotros no iría por allí... No hay camino y quizá os topéis con los restos de algunos fiambres. Ja, ja, ja...

Los chicos se alejaron hacia la plaza mientras el borracho se iba en dirección contraria tambaleándose y eructando.

—¡Qué tipo más siniestro! –exclamó Nuria.

—Siniestro y mentiroso –puntualizó Rafa.

—¿Mentiroso? –preguntó Álex.

—Nos ha dicho que Can Belanyé estaba en el monte, pero al sur del pueblo.

—¿Y? –inquirió Jordi.

—El barranco está al norte.

—Rafa –dijo David–, podríamos decir que nos ha mentido si tuviéramos la seguridad de que ese mensaje ha viajado por el barranco, pero creo que sus palabras confirman que el papel que has encontrado es solo una broma.

—No lo niego, pero ha conseguido intrigarme de verdad.

—Bueno –intervino Víctor–, no perdemos nada comprando un mapa de la región y tratando de localizar ese sitio, dondequiera que esté.

—¡Sí que perdemos algo! –refunfuñó Álex–. Tendremos que ponernos todavía más a dieta...

—¡Pues a ti te irá de fábula! –replicó su hermano.

—Me da la sensación –observó Ana– de que ese tipo está menos borracho de lo que aparenta...

—¡Si no se tiene en pie! –añadió Jordi.

—Ya... Es solo una intuición, pero yo juraría que ha pretendido que el encargado del bar lo crea, y también nosotros.

—¿Con qué objeto? –preguntó David.

—Ahí ya no llego...

—Lo que ha intentado es asustarnos –concluyó Nuria– y alejarnos de Can Belanyé...

5

Enigmas y acertijos

LOS chicos se sentaron en la plaza y esperaron. Faltaban casi dos horas para que abrieran los comercios y no sabían cómo pasar el rato. Jordi habría apostado por ir a una sala de videojuegos, y Álex, por comprar en un bar unas cuantas bolsas de pipas y algunas chucherías, pero no podían permitirse gastar dinero. Si además Rafa se empeñaba en comprar un mapa, entonces sus apuros económicos ya serían preocupantes.

—¿Nos ponemos en una esquina y pedimos limosna? –sugirió Ana, riendo.

—¡Sí, con tu ropa de marca! –replicó Jordi.

—¿Ya te estás metiendo conmigo?

—¿Qué he dicho? –suspiró el muchacho.

Rafa permanecía callado y meditabundo. Sabía que el mensaje de la botella tenía muchas probabilidades de ser falso, pero «algo» le decía que valía la pena investigar, sobre todo desde que el borracho había intentado apartarlos de Can Belanyé asustándolos para que no subieran hasta allí y mintiendo, porque estaba seguro de que les había mentido sobre la ubicación del lugar... Cambiar la finca de sitio, pensaba Rafa, fue una maniobra de despiste por si se empeñaban en llegar allí. Diciéndoles lo que querían saber no se arriesgaba a que preguntaran a otro y les informara bien... ¿Por qué? Y después de todo, ¿qué perdían yendo de excursión hasta ese sitio?

Víctor, adivinando los pensamientos de su amigo, sugirió:

—¿Vamos a la poli?

—¿Quieres que nos encierren por majaras? –respondió Rafa–. Si decimos que hemos encontrado esto en una botella...

—¿Te das cuenta, Rafa? –intervino David–. Tú mismo estás admitiendo que ese mensaje es una estupidez.

—No lo niego, pero empiezo a sentir curiosidad...

—¿Empiezas? –replicó Jordi–. ¡Si no has dejado de tenerla!

—Sí, lo confieso. Me gustaría saber algo más sobre Can Belanyé.

En aquel momento, Nuria se puso en pie y caminó hasta un banco próximo en el que algunos ancianos tomaban el sol. Cuando regresó, comentó satisfecha:

—Can Belanyé es el nombre de una propiedad abandonada antes de la guerra; estaba formada por una casa, varios corrales y campos de cultivo. Está al norte del pueblo y montaña arriba, en un claro. No hay camino practicable, solo un antiguo sendero que se habrá comido la maleza. Existe también sobre el pantano y hacia el sur una ermita con un cementerio y los restos de un pequeño convento, pero están completamente en ruinas; se conocía con el nombre de Sant Roger, pero en lenguaje coloquial se le llamaba El Rogeré.

—¡Caramba, casi guapa! –exclamó Álex–. ¡Buen trabajo!

—El Rogeré y Can Belanyé pueden sonar parecido si uno está como una cuba –dijo Víctor.

—O si alguien pretende engañarnos –afirmó Rafa.

—¡Te has empeñado en que el borracho nos ha mentido! –suspiró David.

—Mi intuición me dice que no me equivoco.

—Oye, David –pidió Jordi–, ¿por qué no nos planteas uno de tus acertijos? ¡Estoy empezando a aburrirme! Y si le damos cuerda a este –añadió mirando a Rafa–, acabaremos montaña arriba.

—Lo malo –intervino Álex– es que el ganador no tendrá pagado un aperitivo, como otras veces...

—Podemos dejarlo pendiente para cuando no seamos tan pobres –sugirió Víctor.

—Muy bien –otorgó David–, pero recordad que si nadie acierta, gano yo.

—¡Hecho!

—No es exactamente un acertijo –empezó el muchacho–. Es algo real, y yo lo he hecho... Como veis, os lo pongo fácil porque ya os digo que es posible realizarlo.

Los chicos se apiñaron en torno al mayor del grupo y escucharon con atención.

—Hay que pasar por encima de todos los edificios de un pueblo. No podemos sobrevolarlo ni tampoco caminar sobre los tejados de las casas.

—¿Ya está? –preguntó Álex.

—Ya está.

—Pues no tiene solución –afirmó Jordi.

—Sí la tiene; yo lo he hecho.

—Si no podemos sobrevolarlo –observó Nuria–, no vale lo de ir en globo, en parapente o algo así...

—¿Será algo de escalada? –murmuró Jordi.

—¿Cómo va a serlo? –replicó Víctor–. Los alpinistas avanzan con los pies en el suelo.

—¡Y con la cabeza en las nubes! –desdeñó Jordi–. Además, cuando se cuelgan de clavos y estribos...

—¡Pero los clavos y estribos están en la pared, tío! –aclaró su amigo, pasando del comentario socarrón.

—Y no podemos tocar los tejados de las casas con los pies –continuó Ana.

—No se me ocurre nada –admitió Álex–. ¡Como no sea que el pueblo no sea un pueblo!

—¡Explícate! –dijo Nuria.

—¿Y si el pueblo es una maqueta de plástico? –continuó el benjamín del grupo.

—No veo la diferencia –siguió Nuria–. No se me ocurre cómo pasar por encima de todas las casas sin tocarlas y sin ir volando...

—A mí tampoco –admitió Ana.

—Una maqueta podemos pasarla por encima si no es muy grande –replicó Álex.

—Es una buena idea, pero no va por ahí... –dijo David.

—¡Yo sé la respuesta! –afirmó Rafa.

Todos miraron al líder del grupo con bastante interés.

—¡Habla! –ordenó Víctor.

—Podemos ir en barca.

—¿Cómo dices? –preguntó Jordi.

—Se trata de un pueblo sumergido en un pantano…

—¡Ok! –celebró David.

—¡Me debéis un aperitivo, chicos! –concluyó Rafa, riendo.

—¡Claro! –exclamó Álex–. ¿Cómo no se nos ha ocurrido? Debe de ser por la falta de combustible…

—¡Cuando no tragas, solo piensas en comida! –suspiró Víctor.

—Es para compensar que Nuri no lo hace nunca –replicó el aludido–. ¡Somos como vasos comunicantes!

—¡Y un cuerno! –estalló la muchacha–. Que conste que pensaba ofrecerte parte de mi ración de hoy y de mañana, pero lo pensaré…

—¡Tú te comerás lo que te toque! –ordenó Rafa.

Nuria se sintió un poco avergonzada, en especial porque David estaba delante y escuchaba la conversación. Ruborizada, bajó la vista y musitó:

—Estoy mejor, Rafa, pero con poca comida tengo suficiente.

—Quizá en Barcelona sí, pero esta mañana has quemado muchas calorías, y si vamos a Can Belanyé...

—¡Y dale con la excursión! –interrumpió Jordi.

—De momento –intervino David– tenemos algo que hacer: ya podemos ir pensando en las provisiones que vamos a comprar.

Los primeros comercios empezaban a abrir sus puertas. Los muchachos esperaron todavía unos minutos y luego caminaron lentamente en dirección a un supermercado.

6

Apuros económicos

LOS chicos compraron tres bolsas de pan de molde y una garrafa de agua; no podían permitirse latas de refrescos. Álex suspiró delante de un estante repleto de patatas, fritos y ganchitos.

—Es el precio de la fama –le dijo su hermano, leyendo sus pensamientos–. Piensa en lo que fardarás con tu camiseta de rafting.

—Nada de embutidos ibéricos –informó Rafa–. Tendremos que conformarnos con los normales.

—¿Un poco de queso? –sugirió Álex.

—Sí, pero ahí tenemos unos de oferta –respondió el líder del grupo.

—¿Y mantequilla? –siguió el benjamín.

—Solo te gusta a ti –replicó Víctor– y nos la podemos ahorrar.

—¡Comprar así es un rollo! –estalló Álex.

—Con lo que cuesta tu mantequilla tenemos para otro paquete de mortadela –continuó su hermano.

Finalmente, los muchachos pasaron por la caja y, después de pagar, comprobaron que todo su dinero ascendía a cinco euros con treinta céntimos.

—Nos queda el dinero justo para comprar el mapa –dijo Jordi, mirando a Rafa.

Pero a la salida del establecimiento los chicos vieron algo con lo que no contaban y que antes les había pasado inadvertido: una oficina de turismo y una biblioteca.

—¡Qué suerte! –exclamó Rafa–. Voy a buscar información allí; luego me reuniré con vosotros en el albergue.

Ana acompañó a Rafa y los demás caminaron hasta su alojamiento con los comestibles. La tarde se presentaba un poco aburrida, y David decidió entretener a sus amigos con algunos juegos de palabras.

—Venga, por turno –comenzó–, tenéis que repetir la palabra que yo os diga: di caballo –comenzó, mirando al benjamín del grupo.

—Caballo –repitió Álex.

—Di hola.

—Hola –dijo Nuria.

—Di árbol.

—Árbol –pronunció Jordi.

—Di comestible.

—Comestible –repitió Víctor.

—No habléis de comida, que me entra hambre –se quejó Álex.

—Otra vez te toca, Álex; di arrea.

—Diarrea...

—¡Fallaste!

—¡No es verdad! ¡Tengo el estómago vacío, pero no estoy sordo!

—Tenías que decir «arrea».

Entre carcajadas terminó el juego, pero solo habían transcurrido unos minutos y la tarde se presentaba larga y aburrida.

—¿Sabes algún otro acertijo? –preguntó Jordi mirando a David.

—Vamos a ver... Un vehículo tiene 700 kilos de tara y 1 200 de peso máximo autorizado...

—¿Qué es tara? –preguntó Álex.

—¡Lo que tienes tú en el cerebro! –replicó su hermano.

—Por favor, Víctor –dijo David–, ¡no has dejado de meterte con Álex desde que salimos de Barcelona!

—Todos los genios sufrimos abucheos e incomprensión –suspiró el benjamín del grupo.

—¿Genio? ¿Tú? –continuó Víctor.

—Sabes que soy pianista y que nunca llegarás a mi altura, por eso te mofas.

—La tara –explicó David, desoyendo adrede la conversación– es el peso del chasis del vehículo, la diferencia entre la tara y el peso máximo autorizado es la carga que puede llevar.

—Sigue –pidió Jordi.

—Bueno, el vehículo en cuestión transportará seis veces su carga sin gastar una gota de gasolina.

—¿Ya está? –preguntó Nuria.

—Ya está.

—Eso no puede ser... –empezó Jordi–. ¡Sí! ¡Es un coche de gasoil!

—No.

—¡Eléctrico!

—Frío, frío...

—¿Eso de seis veces será una pista? –murmuró Nuria.

—¿Qué nos hemos apostado ahora? –interrumpió Álex.

—Nada, porque no estamos todos –dijo Víctor.

—¡No es justo! –se quejó el más pequeño.

—El coche no puede transportar carga sin consumir combustible –siguió Jordi.

—¡Sí que puede! –exclamó Álex–. ¡Y reclamo que os paguéis algo!

—¡Venga, suelta! –dijo su hermano.

—¿Qué me daréis?

—Una bolsa de ositos cuando lleguemos a casa –afirmó David.

—Bueno, acepto. Podemos cargar el coche si este, a su vez, está en otro vehículo, un camión, por ejemplo, o un barco.

—¡Muy bien! –otorgó David.

—Ya os he dicho que soy un genio, tíos.

En aquel momento, Ana y Rafa llegaron al albergue.

—¿Cómo os ha ido? –preguntó David.

—En la oficina de turismo nos han dado mapas, pero no han oído hablar de Can Belanyé; tenemos mapas del norte y del sur... Por cierto, las ruinas del convento están señaladas y se encuentran más o menos donde nos ha dicho el borracho. También hemos probado en la biblioteca, pero no ha habido suerte.

—O sea –atajó Jordi–, que no sabemos cómo ir a Can Belanyé...

—¡Naturalmente que lo sabemos! –afirmó Rafa–. Tenemos mapas y tenemos un barranco como punto de referencia, además de la información que Nuria ha conseguido antes y que Ana y yo hemos ampliado un poco volviendo a preguntar.

—¡No pensaréis remontarlo! –refunfuñó Jordi.

—No llevamos cuerdas –le apaciguó David, que también estaba algo harto del interés desmesurado de Rafa por lo que él consideraba una broma infantil.

Inmutable, Rafa continuó:

—De existir todavía la finca, será una ruina, pero hay un camino que sale de la carretera, cerca del club deportivo, y llega a una diminuta aldea, Ollau o algo así; desde allí parten varios senderos. Se trata de seguir uno en dirección norte hasta llegar al barranco en que estaba el mensaje, y que nace en la cima del monte. Al principio del barranco están los terrenos de Can Belanyé.

—¿Queda muy lejos? –preguntó Nuria.

—No lo sé –respondió Rafa–. Pero yo calculo que no serán menos de dos horas de marcha.

Jordi suspiró sonoramente.

—No hace falta que vayamos todos –dijo el líder del grupo–. A mí me gustaría ir a echar un vistazo, lo confieso, y como no tenemos otra cosa que hacer, voy a ir, pero vosotros no tenéis que acompañarme si no os apetece.

—Yo iré –afirmó Víctor–. Puede ser una excursión interesante.

—Yo también iré –siguió Ana.

—Ya que te empeñas, es mejor que vayamos todos –sugirió David–, y si alguno se cansa y prefiere no seguir, puede esperar el regreso de los otros por el camino.

Rafa interrogó con la mirada a sus amigos. Jordi puso cara de circunstancias, Álex se encogió de hombros y Nuria no pronunció palabra aunque hubiera preferido no ir. Sin embargo, todos aprobaron finalmente la solución apuntada por David.

Los chicos pasaron el resto de la tarde jugando a las cartas y escuchando música, luego prepararon unos bocadillos para la cena y se acostaron temprano porque tenían previsto madrugar. Estaban alojados en una celda que compartían los siete y que estaba amueblada únicamente con literas, una mesa y unas cuantas sillas.

Cerca de allí, «alguien» consultó su móvil, respondió a un SMS usando unas palabras escogidas de antemano y que no significaban lo que se veía a simple vista. Esperó hasta recibir una señal acordada y, a continuación, caminó hasta el puente viejo (un puente románico), se aseguró de que no había mirones y depositó con mucho cuidado una llave en un agujero exterior izquierdo, de cara al agua, formado por la erosión sobre un grupo de piedras. Luego, como si se tratara de un trozo de bocadillo, echó el teléfono al agua... «El plan ya está en marcha –pensó–, y ya no habrá vuelta atrás ni posibilidad de comunicarse». Por alguna razón, no obstante, se sintió inquieto, y esa sensación martilleó en su cerebro hasta ponerle nervioso. Sabía que en esos momentos no debía beber, pero decidió que un solo trago no le afectaría y serviría para calmarle. Así pues, se lo tomó, y luego emprendió un largo camino hasta su casa. Durmió mal aquella noche, y a las seis de la mañana se puso en pie y regresó sobre sus pasos. Cuando abrieron las tiendas compró algunas provisiones que pudieran conservarse bien y las colocó en una mochila. A continuación se dejó ver por todo el pueblo y hasta armó un poco de jaleo para que se fijaran en él, pero solo el justo para no meterse en problemas. Un poco después caminó hasta el bar y pidió cerveza, dispuesto a beber, pero sin emborracharse... ¡Ese día era el día, y nada podía fallar! ¡Su futuro ya estaba en marcha!

7

Una excursión muy misteriosa

CUANDO a las siete y media de la mañana Rafa tocó diana, todos sus compañeros estaban durmiendo a pierna suelta y más de uno refunfuñó en sueños ante la inminente idea de levantarse.

—¡¡¡Jo!!! –gruñó Álex.

—¡Estoy molido! –murmuró Jordi.

—Es que el rafting es un buen ejercicio –respondió Víctor, completamente despierto y contento ante la idea de pasar el día en la montaña.

Rafa contempló tiernamente a Ana y la despertó con un suave beso en la mejilla.

—¿Qué pasa? –gruñó Álex–. ¿Hay favoritismos o qué? ¡Yo todavía estoy sordo del bocinazo que me has pegado en la oreja, tío!

—¡Es que eres duro de oído! –intervino Víctor.

—¿Seguro? Yo me he dormido con las notas de *Reverie.* ¡Apuesto a que ninguno de vosotros conoce la pieza! –añadió socarrón.

—Es que a ninguno nos importa –le pinchó su hermano.

—¿Debussy? –inquirió Rafa.

—¡Bingo! –otorgó Álex, no sin cierto asombro.

—Pero el *Claro de luna* me gusta más –siguió el líder del grupo, mirando a su novia y pensando que esa pieza sonaría muy bien junto a ella, al lado del mar y contemplando la estela de la luna sobre el agua.

—¿Hay que hablar de «rollos» a estas horas? –concluyó Jordi, con un bostezo.

Todos se asearon por turnos, saliendo de la celda y caminando hasta el baño del final del pasillo. Cuando el último regresó, encontró un ligero desayuno preparado, y también algunos bocadillos para pasar el día.

—¿Qué tenemos? –preguntó Jordi.

—Bocatas para desayunar, comer y cenar –respondió David.

—¡Puaj! ¡Llegaré a aburrirlos!

—Puedes darme los tuyos, Jordi –sugirió Álex.

—¡Créetelo! Son preferibles a nada.

Nuria sí que le habría dado con gusto un bocata a su amigo, pero no se atrevió a proponerlo porque sabía que todos estaban muy pendientes de ella desde que tuvo la anorexia y no le quitaban ojo. Además, no quería llamar la atención de David en ese sentido... ¡Estaba tan guapo con el pelo mojado, recién salido de la ducha!

Entre unas cosas y otras, ya pasaban algunos minutos de las nueve cuando los chicos abandonaron el albergue y caminaron en dirección al club deportivo. Un poco más allá estaba la carretera general, y solo unos trescientos metros hacia el norte, un desvío con la indicación «Ollau 3 km». Era un camino forestal y se perdía montaña arriba. Los chicos comenzaron a subir lentamente. La mañana era soleada, pero el calor todavía no resultaba agobiante.

—Prefiero el rafting –se quejó Jordi.

—¡Eres un plasta, tío! –replicó su amigo Víctor–. ¡En cuanto te sacan del ordenador, la *play* y el fútbol, no sabes qué hacer!

—¿Quién ha hablado de fútbol?

—¡Pues te recuerdo que el rafting no querías probarlo!

—82 69 67 79 78 79 90 67 79 81 85 69 77 79 76 65 –dijo Jordi, lo que en lenguaje normal significaba «reconozco que mola».

—¡Y averiguar el origen de un mensaje misterioso también! –concluyó Víctor–. 83 69 71 85 82 79 –afirmó.

—Seguro –tradujo Álex.

David, que oía la conversación, prefirió reír ante la jerga ASCII y abstenerse de indicar de nuevo que ese supuesto mensaje le parecía una patraña, que por su parte había decidido seguir a Rafa porque no había nada mejor en perspectiva y que, después de todo, subir monte arriba, ver una pequeña aldea y llegar a Can Belanyé era una forma como otra de pasar el día.

El camino, pese al desnivel, resultaba cómodo, y los muchachos avanzaban bastante juntos. El paisaje era bonito y a medida que ascendían se perfilaba impresionante, con el pantano al sur y las escarpadas cumbres de la cordillera al norte, al este y al oeste.

—Ahí está el río –señaló Ana, en un alto del camino–. Reconozco que lo pasé de fábula y me gustaría repetir.

—También a mí me gustó –otorgó Nuria.

—¡A todos! –concluyó Víctor–. Pero tendremos que ahorrar…

—¡Y estamos desplumados! –recordó Álex.

Los chicos continuaron la marcha y poco después divisaron las primeras casas de la aldea de Ollau. Cuando llegaron allí, unas cuantas gallinas huyeron en varias direcciones, también oyeron el ladrido de algunos perros y notaron un fuerte olor a estiércol de vaca. Por lo demás, el sitio parecía despoblado y era muy pequeño, solo lo componían cinco o seis casas y una iglesia. Los muchachos atravesaron la aldea siguiendo el mismo camino; casi al final de la única calle, una anciana vestida de negro los miró con curiosidad y respondió a su saludo sin dejar de mirarlos.

—¿Y ahora? –preguntó Jordi.

El camino forestal había terminado. Rafa inspeccionó el lugar y enseguida divisó tres senderos. Dos seguían montaña arriba y unos postes clavados en el suelo indicaban la ruta de sendas excursiones; el tercero se desviaba hacia el norte, sin dejar de ascender, y estaba sin señalizar.

—¡Por ahí! –afirmó, tomando el último camino.

La marcha se hizo más pesada a medida que el sendero ascendía, y pronto los chicos avanzaron en pequeños grupos: David, Rafa y Ana; un poco por detrás, Víctor y Jordi, y cerrando la marcha, Álex y Nuria.

—Me gustaría tener algo para ir picando –murmuró el benjamín del grupo–. Hoy no puedo invitarte a ositos, casi guapa.

—Tampoco los querría, casi feo –respondió la muchacha, pensando, a su pesar, en las calorías que los caramelos de goma tenían... Nuria todavía no lograba dejar de hacer ese rápido cálculo mental ante cualquier alimento.

La joven no podía con su alma. Trataba de no protestar y hasta lamentaba ir la última, pero lo cierto era que la subidita la estaba matando. De vez en cuando, ella y Álex se detenían un instante para recuperar aliento, mas se descorazonaban al advertir la ventaja que les llevaban los demás. Por fin, Rafa se paró en un claro, en cuyo centro se conservaba un antiguo corral.

—¿Comemos? –sugirió.

—¡Sí! –afirmó Álex–. ¡No puedo escalar sin combustible!

—¿Llamas a esto escalada? –replicó Víctor.

—No sé, pero me parece que hemos ido subiendo, ¿no? ¡Y si no, pregúntaselo a mis piernas!

Los chicos sacaron los bocadillos de la mochila que llevaba Rafa y comieron con apetito; todos a excepción de Nuria. La muchacha hizo un esfuerzo, pero notó que su estómago se negaba a trabajar y que el alimento le sentaba fatal. Para beber tenían agua en una cantimplora, pero solo la justa, pues esperaban hallar algún arroyo o fuente más adelante.

Durante todo el trayecto, Rafa había ido observando el sendero. Resultaba evidente que no era un lugar de uso habitual, ni tampoco halló rastros de excursionistas, pero la maleza no lo había ocultado y en algunos puntos estaba claro que alguien había cortado alguna que otra rama para facilitar el paso. No era probable que el camino condujera a alguna cima o constituyera el trazado de una travesía, ya que no estaba señalizado ni tampoco indicado en el mapa. Quizá –pensó el muchacho– llevaba directamente a Can Belanyé y se usó en los tiempos en que la casa estaba habitada. Pero todo parecía indicar que recientemente alguien utilizaba el sendero, ya que se tomaba la molestia de limpiarlo... Una colilla tirada en el suelo, y en buen estado, confirmó a Rafa que el camino había sido transitado recientemente.

Concluido el tentempié, los chicos descansaron un buen rato; luego, reanudaron la marcha. Jordi ya estaba harto de la excursión y decidió que si el sendero seguía subiendo, pronto daría media vuelta. Nuria y Álex, descorazonados, volvieron a cerrar la comitiva. Ambos deseaban llegar de una vez a Can Belanyé o, por lo menos, caminar por terreno llano. Solo un poco más adelante sobresalía la cornisa de una montaña y parecía que detrás había una zona plana. Pensando que tal vez allí estaba el final de la excursión, se dieron ánimos mutuamente y siguieron avanzando.

De pronto, Nuria se detuvo y corrió hasta unos matorrales. Cuando regresó, Álex la interrogó con la mirada.

—Lo siento –dijo la muchacha, un poco ruborizada–. Creo que mi estómago se ha negado a trabajar. Debe de ser por el esfuerzo...

—Tranqui, casi guapa, yo tampoco puedo más. Haremos una cosa: si detrás de esa cornisa no termina la maldita excursión, nos quedaremos allí y esperaremos a que los otros vuelvan.

—De acuerdo. Reconozco que estoy agotada.

—Eso es porque no comes, créeme.

—Entonces, ¿por qué te cansas tú?

—Solo lo aparento... para no dejarte la última.

—¡Ya!

8

La terrible tormenta

CUANDO Álex y Nuria llegaron a lo alto de la cornisa, sus compañeros ya estaban allí aguardándolos. Jordi ponía mala cara y discutía con Víctor.

—¡Me quedo aquí! –le oyeron decir–. Subir montones de piedras, cansarse como un idiota y todo para volver a bajar es una estupidez. ¡Y ni siquiera se ve el maldito Can Belanyé, o como se llame!

—¿Y el paisaje? –replicó Víctor.

—¡Me conformo con una postal!

—¿Tampoco sientes curiosidad por el mensaje? –continuó el primero.

—Confieso que ahora mismo ni pizca.

La discusión continuó en ASCII para regocijo de David, que no salía de su asombro cada vez que los chicos usaban esa jerga.

—Nuria y yo también nos quedaremos –intervino Álex–. Ella está muy cansada...

La muchacha habría deseado fundirse. Le gustaba David y no deseaba parecerle una chica repipi, aunque en la misma proporción tuvo que admitir que la idea de dejar la excursión la atraía bastante.

—Muy bien –dijo Rafa–. No creo que estemos muy lejos de Can Belanyé. Quedaos aquí los tres y a la vuelta os recogeremos.

—Si nos cansamos de esperar, empezaremos a bajar y ya nos veremos en el albergue –dijo Jordi.

—¿Y si nos perdemos? –se aventuró a decir Álex.

—¡Cómo vas a perderte! –replicó su hermano–. Solo hay que seguir el mismo sendero, pero al revés, y, en todo caso, cualquier camino que baje os llevará a la carretera.

Rafa sacó de su mochila tres bocadillos y también cedió a sus amigos la cantimplora.

—¿Y vosotros? –preguntó Nuria, refiriéndose al agua.

—Encontraremos alguna fuente, estoy seguro –concluyó el líder del grupo.

Sin más palabras, Rafa, Ana, David y Víctor se pusieron en marcha. Habían ido muy lentos, se habían detenido incontables veces, y ya habían empleado la mayor parte del día en una excursión que no debía haberles llevado más de dos o tres horas. Casi eran las tres y media de la tarde.

No hacía mucho que el grupo se había separado cuando unos lejanos truenos alertaron a David. El cielo empezó a oscurecerse con rapidez y todo parecía indicar que iban a tener tormenta. Ninguno llevaba chubasquero, de modo que tenían dos opciones: o mojarse, o bien llegar a Can Belanyé o a algún corral en el que guarecerse.

Jordi, Álex y Nuria también habían oído algunos truenos. Se hallaban en la cima de una cornisa y totalmente desprotegidos si se desencadenaba una tormenta.

—Propongo dar media vuelta –dijo Jordi–. Si nos quedamos aquí, nos empaparemos.

—Puede que no llueva –comentó Nuria.

—Puede, pero eso que se oye son truenos –continuó el chico–. Y aquí no hacemos nada.

—Jordi tiene razón –intervino Álex–. Como antes o después tendremos que bajar, podemos empezar a hacerlo ahora que estamos secos.

Nuria se mostró de acuerdo, y los tres, sin prisa, empezaron a desandar el camino. Álex consultó su reloj. Eran las cuatro de la tarde.

Quince minutos después comenzaron a caer las primeras gotas, grandes y espaciadas, pero en poco tiempo aquello se transformó en una tormenta considerable y con abundante agua y aparato eléctrico.

—Me aterran los rayos –murmuró Nuria.

—Y a mí –respondió Álex–. Pero vas con dos chicos: ¡no temas!

—¿De veras, machista? ¿Y qué poder se supone que tenéis vosotros sobre los rayos?

—Ninguno. ¡Pero tendrían que apuntar muy fino para darte, casi guapa!

—¿Dejarás algún día de meterte conmigo? –suspiró la muchacha.

—Solo cuando seas guapa del todo y peses un poco más.

—¡Dejad de discutir y apretad el paso! –gritó Jordi, que iba un poco adelantado–. ¿Es que no os estáis mojando?

—¿Y qué quieres que hagamos? –replicó Álex–. ¡No querrás meterte debajo de un árbol!

—Claro que no, pero si llegamos al corral en el que hemos comido, podremos cobijarnos un poco.

—¡Estaba cerrado!

—¡Pues abriremos la puerta!

A los pocos minutos, los tres amigos, completamente empapados, divisaron el corral, pero aún les quedaba un buen trecho para llegar a él. De pronto, Jordi, que iba en cabeza, se detuvo bruscamente y se agazapó. Sus compañeros lo imitaron, pero sin estar seguros de qué era aquello.

—¿Qué hacemos en cuclillas? –gruñó Álex.

—¡Silencio!

—¿No eras tú el que no quería mojarse?

—¡Calla de una vez!

—¿...?

—Mirad... –continuó Jordi–. Hay un tipo subiendo por el sendero y se dirige al corral... Pero sin las gafas no veo ni torta.

—¡Es el borracho! –exclamó Nuria.

—Sí –afirmó Álex–. Si no es él, es que tiene un hermano gemelo.

—Estamos muy lejos para poder asegurar que sea él –continuó Jordi.

—Pues tiene toda la pinta –siguió Nuria, mientras el agua le resbalaba por el cuerpo y le empapaba las zapatillas.

—Lleva una mochila –observó Álex.

En cuanto el sujeto entró en el corral, los chicos se pusieron en marcha de nuevo, aunque algo intranquilos. Si aquel tipo era el que creían, no sería precisamente una compañía agradable.

—¿Y ese ruido? –preguntó Nuria, deteniéndose de pronto.

Sus compañeros escucharon con atención...

—Solo oigo truenos y lluvia, casi guapa.

—¡Chist! Yo sí escucho algo... –afirmó Jordi–. Un «pum, pum» metálico.

—Será el tipo ese, que andará apuntalando el techo del corral para que no le caiga encima –concluyó Álex, iniciando de nuevo la marcha.

De pronto, Nuria lanzó un grito ahogado. Sus dos amigos se detuvieron en seco, pero solo tuvieron tiempo de verla resbalar y caer a la izquierda del sendero, por un terraplén de unos diez metros por el que ya bajaba agua abundante.

9

Rayos y truenos

LAS primeras gotas sorprendieron a Rafa, Ana, Víctor y David cuando ya divisaban una casa de campo rodeada de corrales. Aunque aún estaban lejos, no había mucho que ver y, a simple vista, el caserón parecía deshabitado. A pocos metros, en un claro que quizá fuese una antigua era, se toparon con un pequeño granero y aprovecharon la circunstancia para guarecerse en su interior.

—¿Por qué no llegamos hasta la casa y vemos lo que haya que ver? –preguntó Víctor.

—Prefiero que si hay alguien allí no nos vea llegar –respondió Rafa.

—Rafa –intervino David–, ha estado bien como excursión, pero me niego a creer que seas tan cabezota. ¿Cómo puedes creerte lo del mensaje?

—No he dicho que me lo crea. Pero si existe una posibilidad, solo una, de que sea cierto, prefiero aparecer de incógnito.

—Rafa tiene razón –añadió Víctor.

David se encogió de hombros y dejó a sus amigos por imposibles.

—¿Y tú? –inquirió, mirando a Ana.

—Ya que hemos subido hasta aquí, me gustaría averiguar qué pasa...

David contempló la melena pelirroja de Ana, su cuerpo equilibrado y casi perfecto, y miró hacia otro lado. No solo le gustaba la chica, había un «algo más», un «no sé qué» que le impedía dejar de contemplarla. Pero era terreno prohibido. Ella y Rafa estaban más enamorados a medida que pasaban los días...

El interior del granero se hallaba desierto, a excepción de una horca de madera y algunas cuerdas podridas. Una pared y parte del techo amenazaban con caerse de un momento a otro, y el sitio presentaba un lamentable aspecto de abandono. Los chicos se situaron a conveniente distancia del lugar peligroso y esperaron.

Rafa abrazó a Ana y le frotó los brazos, fríos y mojados.

—¿Cómo estás, princesa?

—¡Muy cansada! Pero me gusta ir contigo...

El chico besó a su novia en la mejilla y siguió abrazándola con ternura. Ana se sintió infinitamente bien. En brazos de Rafa no le asustaban los rayos, ni la lluvia, ni nada de nada. Respiró profundamente, percibiendo el cálido aroma del muchacho mezclado con el de la hierba mojada... Se sintió feliz.

—¿Qué creéis que harán los otros? –preguntó Víctor.

—Supongo que habrán dado la vuelta –respondió Rafa.

—¡Son capaces de perderse! –continuó el primero.

—Solo tienen que seguir el mismo camino, tú lo has dicho antes –replicó Ana.

En aquel momento, el fuerte estampido de un trueno los dejó a todos sin habla. Ana se acurrucó todavía más en brazos de Rafa y murmuró:

—Odio las tormentas.

—Por suerte suelen ser cortas –informó David.

Un tremendo relámpago, seguido inmediatamente del correspondiente trueno, volvió a dejar a los chicos expectantes.

—¡Está aquí mismo! –gritó Ana.

—Tranquila, princesa –dijo Rafa, acariciando a la muchacha.

—No se les ocurrirá meterse bajo un árbol, ¿verdad? –preguntó la joven.

—¡No creo que sean tan burros! –exclamó Víctor.

—Supongo que habrán empezado a bajar –siguió David.

—¡Dios mío! –gritó Víctor de repente, blanco como un papel y con la vista clavada al frente.

¡Un rayo acababa de partir por la mitad un árbol cercano!

Los cuatro, sin excepción, estaban inquietos. Tenían la fuerte tormenta encima. El olor a madera chamuscada se mezcló con el de la lluvia, y durante muchos minutos ninguno fue capaz de articular palabra.

Fue David el que comenzó a hablar y trató de animar a sus compañeros, aunque quizá no eligió convenientemente el tema:

—En algunas escaladas, los rayos han levantado del suelo a algún alpinista –informó.

—¿De veras? –preguntó Ana, incrédula–. ¿Y vivió para contarlo?

—Ese del que hablo sí, aunque su compañero murió cuando los rescataron.

—¡No me extraña! –siguió la muchacha.

—Pero no fue por culpa del rayo.

—¿Hablas del Naranjo? –preguntó Rafa.

—Sí, del rescate de Lastra y Arrabal. Leí un libro sobre ello.

—¿Tuvieron que rescatarlos? –preguntó Víctor, que iba interesándose en el tema.

—Quedaron atrapados en una repisa, muy cercana a la cumbre, durante varios días y en invierno. Tuvieron que rescatarlos otros alpinistas y un helicóptero. Lastra estaba bien, pero Arrabal murió poco después a causa de la congelación.

—¡Qué horror! –exclamó Ana.

—Fue mala suerte, pero el alpinismo es extraordinario y permite vivir a tope –replicó Víctor.

—¡Eso último no lo dudo! –continuó la muchacha–. Pero confieso que no acabo de entender qué atractivo encontráis a la escalada.

—No es lo mismo la escalada deportiva que el alpinismo –informó David–. Lo primero es solo un deporte, más o menos arriesgado y más o menos espectacular, pero lo otro es una forma de vivir. La intensidad con que eres capaz de luchar, sufrir y esforzarte te enriquece como persona. La necesidad de compartirlo todo con un compañero, de depender de él y de que él dependa de ti, une a las personas y las hace más humanas. En cuanto a la belleza incomparable de una puesta de sol, de una noche de estrellas...

—Ni siquiera os lleváis una medalla... –interrumpió Ana.

—Y eso lo hace mucho más valioso –continuó Rafa–. Si eres capaz de esforzarte por algo inútil, solo importante para ti mismo, ¿qué no harás por algo útil?

Víctor iba asintiendo con la cabeza, escuchando fascinado a sus dos amigos y deseando hasta la exageración que muy pronto le permitieran acompañarlos en sus cordadas.

Un nuevo fogonazo les cortó otra vez el habla. El aparato eléctrico era considerable y la lluvia también. Acurrucados los cuatro en un rincón del corral aguardaron angustiados sin ser capaces de articular más palabras; tenían los cinco sentidos pendientes de lo que ocurría fuera. Pero por suerte las tormentas no suelen ser demasiado largas, y algunos minutos después, que a los chicos les parecieron horas, la tempestad comenzó a disiparse; cesó el aparato eléctrico, dejó de llover y hasta apareció un tímido rayo de sol. A los cuatro se les escapó un suspiro de alivio.

—¿Seguimos? –preguntó Rafa, poniéndose en pie.

—Seguid vosotros –dijo David–. No creo que haya mucho que ver aquí arriba y prefiero dar la vuelta y ver qué han hecho los otros. No estoy muy tranquilo.

—Habrán vuelto al albergue –dijo Ana.

—Probablemente, pero la tormenta ha sido importante y prefiero volver y asegurarme de que todo va bien.

Eran las seis de la tarde cuando los cuatro muchachos se separaron caminando en direcciones opuestas.

10

Tres chicos en apuros

—¡NURIA! ¡Nuria! ¿Estás bien? –gritó Álex.

—¡¡¡Nuri!!! –exclamó Jordi, en medio del diluvio–. ¡¡¡Contesta!!!

—¡No puedo moverme! –sollozó la muchacha–. ¡Dios mío! ¡Me he roto algo!

—Tranquila –gritó Álex–. ¡Iremos a por ti!

La tormenta estaba en todo su apogeo. El estruendo de los truenos era ensordecedor y algunos rayos parecían empeñados en caer cerca; uno impactó en algún lugar situado sobre sus cabezas y se produjo un ligero movimiento de rocas. Jordi y Álex estaban aterrados. No sabían qué hacer. Querían bajar hasta el lugar en que había quedado Nuria, pero no veían la forma de hacerlo. La muchacha había caído en un punto escarpado y de difícil acceso.

—¡No puedo mover la pierna! –se lamentó Nuria.

—Tranqui, casi guapa, estamos aquí y te rescataremos –chilló Álex.

Jordi avanzó un poco por el sendero tratando de hallar un camino practicable hasta su amiga, pero no lo había. Sin una cuerda, no veía la forma de llegar hasta ella.

—¿Qué hacemos? –preguntó a Álex, visiblemente nervioso, frustrado por su fallido intento y a punto de llorar.

—¡Buscar un camino! ¡Tiene que haberlo!

—¿Por qué nos habremos metido en esto?

—No te quejes, Jordi. Eso no servirá para rescatarla...

—Pero ¿qué hacemos?, ¿qué hacemos?

—¡Tranquilízate! ¡Algo se nos ocurrirá!

—¡Nuri! –gritó Jordi–. ¿Cómo estás?

—¡No puedo mover la pierna!

—¿Te duele? –preguntó Álex.

—¡Mucho!

Los dos chicos se miraron impotentes y asustados, sin saber qué hacer ni cómo terminaría todo.

—A ver... –susurró Álex al oído de su amigo–. Lo primero es tranquilizarla...

—¿Cómo?

En respuesta a la pregunta de Jordi, otro relámpago sonó cerca con un crujido seco y ensordecedor. Los tres amigos estaban empapados y temblando de miedo.

—¡Dios mío! –gritó Jordi–. ¡Tenemos la tormenta encima y estamos en medio de un bosque!

—No me digas cosas que ya sé –replicó Álex, y dirigiéndose a Nuria continuó–: Tranqui, casi guapa. Jordi y yo intentaremos llegar hasta ti, pero si no lo conseguimos, recuerda que los otros han de volver y darán con nosotros. No sé si Rafa lleva una cuerda en la mochila, pero seguro que él y David sabrán cómo rescatarte...

—Anímate, Nuri –siguió Jordi–. Estamos contigo y no te dejaremos sola. Si para de llover un instante, intentaré bajar hasta allí...

Asustados, chorreando agua y sin saber qué hacer, Jordi y Álex esperaron a que el aguacero disminuyera un poco.

—¿Y si el agua la arrastra más abajo? –murmuró Jordi al oído de su amigo.

—¡Mierda! ¡No lo hará! ¡Y cállate de una vez!

—¡Soy realista, Álex! ¡Tenemos que hacer algo!

—¡Ya está! ¡El tipo del corral! ¿Vamos a buscarlo?

—¿Tú crees? ¿Y si es el borracho? Porque parece que lo es.

—Le pediremos ayuda. Por muy borracho que esté, se habrá despejado con este diluvio.

—¡Mira! Ya deja de llover... ¡O eso parece! –siguió Jordi poco después–. ¡Intentaré bajar!

El muchacho, temblando todavía, se asomó al barranco y comenzó a deslizarse, pero al instante resbaló y solo tuvo tiempo de agarrarse frenéticamente a una rama.

—Por aquí no podré –murmuró en cuanto logró incorporarse y regresar junto a Álex.

Comenzaba a salir el sol y sus tímidos rayos ayudaron un poco a levantar la moral de los chicos, que se sentían impotentes y aterrados.

De pronto, Álex y Jordi oyeron un ruido en el camino y comprobaron que el sujeto que se había quedado en el corral iba en su dirección.

—¡Eh! –gritó Álex–. ¡Ayúdenos!

El tipo oyó algo y su pulso se aceleró. Trató de ver el origen de los gritos, pero no lo logró de inmediato. Siguió avanzando sin responder mientras trataba de pensar deprisa y lanzaba una maldición. Cuando estuvo a unos metros de los chicos se despejaron todas las dudas: era, en efecto, ese tal José, el borracho que habían conocido en el bar.

—¡Eh! –repitió Álex–. ¡Ayúdenos!

El sujeto llegó junto a los muchachos. Volvía a estar ebrio y su mirada era francamente hostil.

—¿Qué hacéis aquí? –gritó.

—Una excursión –explicó Jordi–. Y nuestra amiga Nuria se ha caído…

—¡Mala suerte!

—¿Es que no piensa ayudarnos? –preguntó Álex.

—¿Ayudaros? ¿Acaso llevo una cuerda?

—¡No podemos dejarla aquí! –gritó Jordi.

—Pues id al pueblo y pedid ayuda, chicos. ¿Qué queréis que haga yo? ¡No pensaréis que bajaré por el barranco! Ja, ja, ja…

—¿De qué se ríe, imbécil? –exclamó Álex.

—¿Imbécil? –repitió el tipo, cogiendo al muchacho por el pescuezo–. ¡No consiento que nadie me llame así! ¿Entiendes, gordinflón?

—¡Deje a mi amigo! –gritó Jordi, agarrando al hombre por la camisa.

—¿Que le deje? ¡Me ha insultado!

—¡Cállese, borracho de mierda! –se oyó gritar a Nuria.

—¡Nadie me hace callar, estúpida! Y vosotros ya podéis desaparecer de mi vista si no queréis que os dé una paliza.

—¡Se librará mucho de hacerlo! –exclamó Álex, envalentonándose–. ¡Y pensamos denunciarle!

—¡Ja, ja, ja...! ¿Denunciarme? ¿A quién? ¿Por qué?

—¡Lárguese de una vez! –gritó Jordi.

—¡Y ojalá se despeñe! –continuó Álex.

El tipo hizo ademán de coger a Álex por el cuello, pero se detuvo un instante: «Les tengo que sacar de aquí –pensó–; si estos imbéciles no son capaces de subir a la cría y desaparecer antes de..., todo se irá al carajo. ¡Y como pidan ayuda a los Mossos...!». Jordi, desde atrás, ignorando que José se estaba planteando rescatar a Nuria, aprovechó la vacilación del sujeto y le arreó un formidable puñetazo en mitad de la espalda para proteger a su amigo de lo que parecía una inminente agresión. El hombre, enfurecido, se volvió hacia el chico para golpearle, pero se tambaleaba y Jordi consiguió esquivar el golpe, cosa que le enfureció aún más. La pelea se prolongó unos minutos, pero por suerte para los muchachos, el estado de embriaguez del sujeto le impedía acertar de lleno. De pronto, una voz conocida resonó como música celestial al oído de los chicos:

—¿Qué pasa aquí? –gritó David, acercándose deprisa hasta sus amigos.

—¡David! –exclamó Jordi, lleno de júbilo, sintiendo de pronto que la pesadilla había terminado.

El borracho, murmurando obscenidades, soltó a los chicos y se alejó por el sendero dando tumbos. Cuando ya no era visible, se irguió y trató de sopesar la situación... En el fondo, que le hubieran visto era bueno, y que le hubieran creído borracho, también. Lo malo sería que la cosa se alargara, pero suponía que el grandullón sacaría a la cría y se irían. No debía ponerse nervioso: ¡claro que se irían! ¿Qué iban a hacer allí? Ya era mala suerte –siguió pensando– que ese puñado de idiotas hubieran aparecido justo allí y justo ese día... Pero el plan era bueno. Nadie podría relacionarlo porque no había tomado parte y nadie relacionaría a Moncho con él y con el asunto que se traía entre manos porque estaría en la cárcel. Poco a poco, el tipo se fue reafirmando en su seguridad y decidió que arriba se regalaría un buen trago; llevaba dos días sin beber apenas, pero aparentando estar borracho... ¡Ya se merecía aquella botella que guardaba para ocasiones especiales! Y con ese pensamiento prosiguió la marcha montaña arriba.

—¡Nuria se ha caído y aquel imbécil se ha negado a ayudarnos y ha tratado de darnos una paliza! –dijo Álex en cuanto el tipo se marchó.

—Además de borracho, está claro que es un indeseable con todas las de la ley –afirmó el mayor.

El chico se acercó al borde del precipicio.

—¡Nuri! ¿Cómo estás?

—Creo que me he roto algo, David. ¡No puedo mover la pierna!

—Tranquilízate. Voy a buscarte.

Nuria sintió una mezcla de alivio, excitación y vergüenza. No le gustaba parecer tonta delante de David. ¡Mira que haberse caído...! ¡Pero le atraía tanto la idea de que él, precisamente él, fuera a rescatarla! Su sola presencia bastó para tranquilizarla porque estaba segura de que el joven hallaría la manera de sacarla de allí.

11

Un rescate complicado

DAVID cogió el móvil, pero vio que no había cobertura; eso significaba que no podría avisar a Rafa ni pedir ayuda exterior. Estudió el terreno unos instantes antes de descender hasta la chica. No disponía de una cuerda, pero estaba habituado a la escalada y consiguió llegar junto a la muchacha descendiendo por el barranco por el que se había caído. En cuanto llegó a su lado la tranquilizó, abrazándola, y Nuria, pese a su estado y al dolor de la pierna, sintió un estremecimiento que le recorrió el cuerpo de extremo a extremo.

—Tranquila, Nuri –dijo él, examinando la pierna de la muchacha–. ¿Te duele?

—Mucho. Y no puedo moverla…

—Está rota, me temo… ¡Tendremos que entablillarla!

—¿Cómo?

—¡Déjame eso a mí!

Y levantando la vista, David gritó:

—¡Tiene la pierna rota! ¡Buscad algunas ramas que sirvan para inmovilizarla!

Jordi y Álex se dedicaron con ahínco a la labor y en pocos minutos reunieron cuatro o cinco ramas, que hicieron llegar hasta David.

—¿Tenéis algún pañuelo o algo que sirva para atarlas? –preguntó.

Nadie llevaba pañuelo. Sus únicas vestimentas eran pantalones cortos y camisetas de algodón, todas empapadas. Finalmente, David se quitó su camiseta y la utilizó para atar las ramas a la pierna de la muchacha de modo que quedara completamente inmóvil. Fue una tarea difícil, ya que la ropa era poco apropiada para ese menester, pero en unos minutos logró su objetivo.

Nuria clavó los ojos en el pecho desnudo de David, cercano a ella solo unos centímetros, y deseó con todas sus fuerzas congelar aquel instante.

Una vez inmovilizada la pierna, quedaba la tarea más difícil, que era la de subir a la muchacha por el barranco. David meditó el asunto y finalmente preguntó:

—¿Podrás sostenerte tú sola sobre mi espalda, Nuri? Necesitaré las manos para escalar.

—Supongo que sí.

—Bien, vamos a probar.

David ayudó a la joven a colgarse de sus hombros. No fue fácil, con la pierna entablillada y sin poder pisar terreno firme. Necesitaron varios intentos y mucha paciencia.

—Lo siento, David. ¡Soy tan torpe!

—Tranquila. Es que resulta difícil sin un punto de apoyo... ¡Vuelve a probar!

En aquel último intento, Nuria se agarró con tanta fuerza al cuello de David que estuvo a punto de hacerlo caer.

—¡Diablos! ¡Me estás ahogando! ¡Cógete de los hombros, Nuri!

Finalmente la muchacha logró hacerlo.

—¡Muy bien! Ahora, tranquila, ¿me oyes? ¡Y sobre todo no te sueltes!

—¿Podrás conmigo?

—Pesas menos que una pluma. No me cojas del cuello, recuerda, y agárrate fuerte, que yo necesito las manos.

—Vale.

Nuria cerró los ojos mientras David trataba de escalar con ella a cuestas. Se aferró a su espalda y a sus hombros saboreando de nuevo todo lo que tenían de mágico aquellos instantes... Por un momento, la muchacha olvidó el peligro que corrían y el dolor que sentía para fijar toda su atención en David y en la agradable sensación de ser rescatada por él.

La escalada no resultó fácil. El terreno era abrupto y estaba muy resbaladizo. A mitad de camino, una roca se desprendió bajo el pie de David y ambos cayeron unos centímetros, hasta que el muchacho consiguió agarrarse.

—¿Te has hecho daño, Nuri? –preguntó.

—No. ¿Y tú?

—Tampoco.

—¡Escalas muy bien!

—No creas... Está muy resbaladizo y hay pocos agarres. Pero no te asustes, ¿vale?

—No estoy asustada.

—¡Buena chica!

David, poco a poco, asegurando cada paso, fue ascendiendo hacia el camino. Nuria se asombró de sí misma al comprobar que no estaba asustada y que la presencia del muchacho le infundía una gran seguridad. Finalmente, unos minutos más tarde, llegaron al sendero sin haber sufrido más percances.

—¡Hola, mochila! –saludó Álex–. ¿Cómo estás?

—Podría estar peor –respondió Nuria, mirando con terror el barranco por el que había caído.

—¿Cómo has ido a parar allí? –preguntó David.

—La verdad es que no lo sé. Resbalé en medio del aguacero y me encontré en ese sitio... ¡Dios mío! ¡He podido matarme!

—La verdad es que sí –otorgó Jordi.

—Gracias, David –balbuceó la muchacha, sintiendo que se sonrojaba.

—No tiene importancia.

—¡Ya lo creo que la tiene! ¿Has visto por dónde has bajado y luego subido?

—¿Y qué iba a hacer? ¿Habrías preferido quedarte allí abajo?

—Gracias otra vez. No olvidaré esto... Y siento que hayas tenido que exponerte tanto...

—Olvídalo, Nuri. Soy escalador, ¿recuerdas?

La muchacha notó que se ruborizaba. Sintiéndose estúpida, giró el rostro.

—¿Dónde están los otros? –preguntó Jordi, dirigiéndose al mayor.

—Han seguido hasta Can Belanyé.

—¿Y por qué has vuelto tú? –inquirió Álex.

—No creo que haya mucho que ver allá arriba, francamente, y como la tormenta ha sido tremenda, he preferido asegurarme de que estabais bien.

—¡Pues has caído del cielo, tío! –afirmó Álex.

—¡Y que lo digas! –añadió Jordi.

—Solo ha sido casualidad, pero me alegro de haber dado la vuelta.

—¿Qué hacemos ahora? –preguntó Álex–. ¿Esperamos a los otros?

—No sabemos el tiempo que tardarán –dijo David–. Creo que lo mejor será que intentemos llegar abajo cuanto antes y llevemos a Nuria a un hospital.

—¿Por qué no usas tu móvil y pides ayuda? –sugirió Jordi.

—Porque no hay cobertura –respondió el primero, mostrando el aparato–. Además, la única ayuda la podríamos recibir esperando que suban a buscarnos. Es mejor ganar tiempo y comenzar a bajar.

—¿Cómo? –inquirió Jordi.

—En los puntos en que el camino sea ancho, dos de nosotros nos cogeremos por las muñecas y sentaremos encima a Nuria. Cuando el sendero se estreche, me la cargaré a la espalda como una mochila –añadió, sonriendo.

—¿Has dicho mochila? –repitió Jordi.

—¡Ya no la llevaba! –exclamó Álex, leyendo el pensamiento de su amigo y dejando desconcertados a los otros dos.

—Estará en el corral –apuntó el primero.

—¡Claro! Allí tendría el martillo que hemos oído antes.

A trompicones, David entendió que los chicos hablaban del borracho, que le habían visto con una mochila al acercarse al corral, pero que no la llevaba al salir.

—Cuando lleguemos allí, podemos echar una ojeada rápida –propuso Álex.

—Ya veremos –dijo David–. Lo importante ahora es sacar a Nuria de aquí.

Sin más preámbulos, los cuatro se pusieron en marcha.

12

El difícil descenso

LA tarea de descender con Nuria a cuestas fue lenta y difícil. Los primeros tramos, muy estrechos, obligaron a David a cargar con ella a la espalda, y tanto él como la muchacha quedaron agotados en pocos minutos; él, a causa del esfuerzo, y Nuria, al no contar con apoyo para los pies y valerse únicamente de los brazos, tuvo que pedir varias veces que se detuvieran.

—Lo siento, David –se disculpó la chica–. Es que tengo poca fuerza en los brazos y ya no puedo más...

—Lo entiendo. No te preocupes. Descansaremos las veces que haga falta.

—¿Y los bocatas? –preguntó Álex, de pronto.

—Los habremos perdido –respondió Jordi.

—¡Los llevabas tú, tío!

—¿Y qué? Se habrán quedado donde Nuri se cayó.

—¡Jo!

—¡Mala suerte!

—Yo no los habría perdido –se quejó Álex.

—¡De eso estoy seguro! –replicó Jordi.

—No discutáis –pidió David–. Estamos muy cerca todavía; podéis ir a buscarlos mientras Nuri y yo descansamos un poco...

Álex tomó en serio esas palabras y enseguida dio media vuelta.

—¿Será posible? –comentó Jordi–. ¡Ese tío es un *container!*

Álex llegó en pocos minutos al lugar en el que se había caído la muchacha y localizó de inmediato la bolsa de plástico que Jordi había dejado olvidada con tres bocadillos y una cantimplora, pero se llevó una decepción al comprobar que los víveres estaban empapados de agua y completamente incomestibles. Maldiciendo por lo bajo, Álex recogió la cantimplora, desenvolvió y tiró los bocadillos pensando que algún bicho se daría un festín y se llevó consigo la bolsa para no tener que soportar el sermón ecologista de Rafa si se enteraba de que la había dejado tirada.

—¡No os riáis! –gritó, antes de llegar junto a sus amigos.

—¿Por qué nos vamos a reír? –preguntó Nuria.

—¡Me podíais haber dicho que estarían mojados!

—También podías haberlo pensado tú –replicó Jordi.

—Sí, pero he recuperado la cantimplora. A Rafa le habría hecho muy poca gracia enterarse de que se la habías perdido...

—Está bien. ¡Muchas gracias! –otorgó Jordi.

—Por lo menos, nos los podríamos haber zampado antes del diluvio –se quejó Álex.

—¿Tanta hambre tienes? –preguntó Nuria, riendo a pesar del dolor de la pierna.

Álex no respondió, pero su mal humor saltaba a la vista.

—¿Qué? –preguntó David–. ¿Seguimos?

Se hallaban cerca del claro en el que estaba el corral, y el camino era hasta allí bastante amplio. Jordi y David unieron sus manos sujetándose por las muñecas, y Álex ayudó a su amiga a sentarse en la improvisada silla. Caminaron así unos metros, pero muy lentamente. La pierna entablillada dificultaba tremendamente la operación, las ramas secas se clavaban en los brazos de los muchachos y Nuria iba casi estirada. De pronto, Jordi tropezó y los tres cayeron de bruces. Nuri no se quejó, pero su rostro quedó lívido a causa del dolor, pues se había golpeado la pierna.

—¡Suelta! –exclamó Álex dirigiéndose a Jordi–. ¡Yo la llevaré!

Entre los tres muchachos ayudaron a Nuria a incorporarse y repitieron la operación de trasladarla, en esa ocasión entre Álex y David.

Tambaleándose, llegaron los chicos al claro y se detuvieron junto al corral visiblemente agotados. David pensó con desánimo en el camino que les quedaba hasta la aldea de Ollau, pero no pronunció palabra. Después de todo, no se le ocurría otra manera de bajar a la muchacha y la idea de ir en busca de ayuda y regresar le llevaría demasiado tiempo.

Tras unos minutos de descanso, Álex y Jordi se acercaron a la puerta del corral y comprobaron que estaba cerrada, pero no ajustada como cabía esperar de un sitio medio en ruinas, sino cerrada con llave. La puerta de madera, muy vieja, había sido reforzada desde el interior con tablas y horadada para colocar un bombín para una llave. Parecía evidente que el sujeto aquel, el tal José, usaba el corral o guardaba algo en su interior.

Los chicos repitieron la operación de trasladar a Nuria entre dos, pero en pocos minutos el sendero se hizo más estrecho e impidió el descenso de aquella manera. Se detuvieron una vez más y en aquella ocasión Álex y Jordi ayudaron a su amiga a colgarse de la espalda de David. De nuevo, la pierna entablillada supuso un obstáculo añadido. De vez en cuando, además, las ramas se le clavaban al muchacho en la espalda y en los costados, y también a Nuria, aunque Jordi y Álex trataban de apartarlas al abrir camino.

Pese a todo, Nuria se sentía bien. Aunque la pierna le dolía, sabía que una fractura no era algo grave; se la escayolarían, tendría que pasarse algún tiempo a la pata coja y poca cosa más. ¡Pero aquella sensación de ir sobre la espalda desnuda de David, de recibir todas sus atenciones, era deliciosa! Habían encontrado, además, una postura mejor. El chico, con ambos brazos, sostenía las piernas de Nuria, que solo necesitaba usar los suyos para mantenerse en equilibrio. Los pasos que dieron al iniciar el descenso, con ella colgada de la espalda del chico para mantener la pierna estirada, solo habían conseguido agotarlos a los dos. Esa otra postura, la tradicional, era mucho mejor, aunque una pierna de Nuria quedaba recta por delante de David y el joven debía avanzar con mucho cuidado para no lastimarla.

Poco a poco, los excursionistas fueron descendiendo, deteniéndose incontables veces y con paso lento. David sintió admiración por la serenidad de Nuria. No se había quejado en todo el trayecto, ni siquiera cuando cayeron la primera vez y se golpeó la pierna. Pese a su estado, actuaba más como tractor que como remolque.

—¿Todo bien? –le preguntó en una ocasión.

—Perfectamente.

—¿Te duele?

—Sí, pero es normal. Lo siento por ti, David, tienes muchísimos arañazos en la espalda.

—¿Qué le vamos a hacer? Eso no importa ahora... Si hay teléfono en Ollau, pediremos una ambulancia –añadió.

—¡Dios mío! ¡Qué corte!

—¿Por qué?

—Nosotros te acompañaremos, Nuri –interrumpió Álex–. Será una nueva experiencia; nunca he ido en ambulancia.

—Yo tampoco –informó la muchacha.

Al fin, con un suspiro de alivio, los chicos divisaron las primeras casas de la aldea. En cuanto llegaron a Ollau, David depositó a Nuria sobre un bancal adosado a un muro y respiró hondo varias veces para recuperar aliento. Finalmente se puso en pie y dijo:

—Esperad aquí. Voy a ver si encuentro un teléfono.

Álex y Jordi se sentaron al lado de su amiga y aguardaron impacientes. Cuando David regresó unos minutos más tarde informó:

—No sé si hay teléfono o no, pero mi móvil ya tiene cobertura y la ambulancia está en camino.

Los cuatro esperaron sentados en el bancal.

—¿Has traído la tarjeta de la Seguridad Social? –preguntó David mirando a la muchacha.

—Sí, pero está en el albergue.

—Bien, como no creo que la ambulancia nos lleve a todos, me informaré de adónde te llevan y luego iré al hospital con los papeles.

—Gracias, David.

Pocos minutos más tarde, un sonido y unas luces centelleantes advirtieron a los chicos de la llegada de la ambulancia. Dos ancianas se asomaron a sendas ventanas y un hombre se acercó al grupo para curiosear y preguntar qué había ocurrido.

Nuria clavó la vista en el vehículo y suspiró, pensando que la dulce experiencia había terminado. Con el paso del tiempo, la pierna le dolía mucho más y continuamente contraía el rostro en una mueca de dolor, aunque evitaba quejarse. Álex y Jordi acompañaron a su amiga. David decidió salvar a pie los tres kilómetros que le separaban de la carretera y dirigirse al albergue en busca de los papeles de la muchacha. Tenían dos juegos de llaves, uno estaba en poder de Rafa y el otro se lo había quedado Álex cuando se separaron, de modo que este se las cedió a David en el momento de subir al vehículo.

Con la excitación propia de las circunstancias vividas, ninguno de los chicos había reparado en algo importante: David se había separado de Rafa, de Ana y de Víctor a poca distancia de Can Belanyé; habían perdido muchísimo tiempo rescatando a Nuria y luego descendiendo con ella a cuestas y deteniéndose cada pocos metros... y ya eran casi las ocho de la tarde. ¿Cómo era posible que los otros tres aún no hubieran regresado?

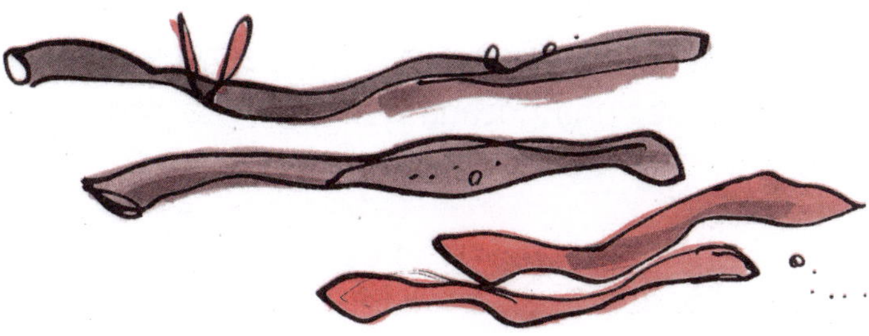

13

¿Dónde están los demás?

DOS enfermeros subieron a Nuria a la ambulancia y trataron de tranquilizarla, aunque aparentemente la muchacha estaba serena. Se había roto la pierna por debajo de la rodilla, pero la fractura parecía limpia y así se lo hicieron saber. Álex y Jordi acompañaron a su amiga en el mismo vehículo sintiéndose importantes.

—Qué lástima que haya poco tráfico –comentó Jordi–. Ha de ser una gozada que todos te cedan el paso.

—Sí, pero a veces alguno se despista y podríamos tener un accidente –siguió el benjamín.

David, como ya había decidido, optó por salvar a pie la corta distancia que le separaba del pueblo, dirigirse al albergue para coger las cosas de Nuria y ponerse encima una camiseta. Esperó a que se fuera la ambulancia y luego comenzó a caminar por la carretera en descenso. Llegó a la nacional poco más tarde y después de pasar por el albergue se dirigió al hospital.

—¡Hola! –saludó Álex en la sala de espera–. Acaban de llevársela –informó.

—¿Sabéis si han avisado a la familia? –preguntó David.

—Le han pedido los datos a Nuri –informó el benjamín del grupo.

—Supongo que deberíamos llamar nosotros a sus padres –opinó Jordi.

—Sí, pero mejor esperemos a ver qué dicen los médicos –siguió el mayor.

Los tres muchachos permanecieron en la sala de espera una hora. El tiempo pasaba muy lentamente. No había nada que hacer, salvo esperar. El hospital era pequeño y, aparte de ellos, nadie más aguardaba en aquella sala.

Al fin, sobre las nueve y media de la noche se les acercó una enfermera.

—¿Cómo está? –preguntó David.

—Le han hecho radiografías y la están escayolando. ¿Alguno de vosotros es familiar suyo?

—No –respondió David–. Somos amigos; estábamos de excursión. Pero yo soy mayor de edad y asumo la responsabilidad. Aquí están sus papeles...

La enfermera los cogió y completó con los datos un expediente.

—Llamaré ahora mismo a sus padres –afirmó David.

—Ella ya lo ha hecho, pero quizá sea bueno que hables con ellos. Ven, acompáñame.

El muchacho se alejó detrás de la mujer.

—¡Pobre Nuri! –comentó Álex a Jordi.

—¡Pues sí! A ella tampoco le hacía mucha gracia la excursión.

—Pero ha tenido suerte. ¡Podría haberse matado!

—¡La culpa es de Rafa y sus manías! –siguió Jordi–. ¿Qué diablos se le habrá perdido en Can Belanyé?

—Lo que pasa es que no había mucho más que hacer... ¡Sin pasta para gastar se cierran todas las puertas!

—¡Y que lo digas!

—Hablando de pasta, ¡me comería un kilo de macarrones!

—Pues tendrás que esperar al lunes, Álex. Ya sabes que nuestro menú es limitado.

—¡Y tan limitado! Compadezco a los indios y a los africanos... ¡Reconozco que hay que comer para vivir!

—¡Sobre todo, tú!

—¿Me negarás que tienes hambre?

—Un poco, ¡pero no es para tanto, tío!

David regresó en aquel momento.

—He hablado con sus padres. Querían venir a buscarla, pero los he tranquilizado, y el médico también. Mañana acudirán a la estación en Barcelona; la verdad es que Nuri puede hacer el viaje en el tren. El médico ha dicho que hay fractura, pero el corte es limpio, enseguida estará aquí... ¡Ahí está!

—¿Cómo va eso, «mochila»? –saludó Álex.

—Bien... Ahora tengo excusa para andar como un pato –respondió la muchacha.

—Cualquiera puede caerse, Nuri –dijo Jordi–. Y tenemos suerte de estar vivos después de semejante tormenta.

—Gracias a los tres –murmuró ella, un poco ruborizada.

Si hasta ese día solo se había sentido atraída por David, aquella tarde Nuria comprendió que estaba enamorada... Le gustaba su aspecto, su parecido con Tom Cruise y, sobre todo, su carácter firme y tierno a un tiempo. Pero él no se fijaba en ella; para él, ella era solo una buena amiga.

Despacio, los cuatro muchachos caminaron hasta el albergue. Había que subir escaleras, tres pisos en concreto, y Nuria sudó lo suyo para conseguirlo, pero disfrutó en la misma medida cuando David la sujetó por un brazo y la ayudó.

—¡Casi vale la pena que me haya roto la pierna! –exclamó la chica ante las atenciones constantes que le prodigaba su amigo.

David, que no ignoraba los sentimientos que despertaba en Nuria, le sonrió y le dio una palmada cariñosa en el rostro.

—¿Dónde están los otros? –preguntó Álex al abrir la puerta de la celda.

Aquello alertó a David. Lo cierto era que no reparó en su ausencia cuando entró como una flecha, recogió los papeles de Nuria y corrió hacia el hospital poniéndose una camiseta por las escaleras. Quizá dio por sentado que estarían en un bar o en la plaza... Pero pasaban quince minutos de las diez de la noche... ¿Qué habría ocurrido?

—Esto no me gusta –dijo Jordi–. Han tenido tiempo de subir, bajar y volver a subir.

—¿Será una broma de mal gusto? –sugirió Álex.

—No –afirmó David–. A Rafa no le gustan esa clase de juegos.

—¿Viste algo allá arriba? –preguntó Nuria, mirando a David.

—Solo una casa y varios corrales, pero a primera vista el lugar parecía desierto.

—¿Y el borracho? –siguió Jordi.

—¡Es verdad! –exclamó Álex–. ¡Igual iba a Can Belanyé cuando nos topamos con él!

—¡Por supuesto que iba allí! El camino no va a otra parte –otorgó David, al tiempo que marcaba en su móvil el teléfono de Rafa.

Los demás aguardaron expectantes unos segundos.

—¡No tiene cobertura! –informó el muchacho.

—¿Qué hacemos? –preguntó Nuria.

—Quedaos aquí –afirmó el mayor–. Yo iré a echar un vistazo.

—¿De noche? –preguntó Álex.

—Cogeré una linterna.

—¿Cenamos antes? –sugirió el benjamín.

Apresuradamente, los chicos prepararon unos bocadillos y David partió, comiéndoselos por el camino y bastante inquieto. No encontraba explicación para la ausencia de sus amigos. ¿Qué podía haber ocurrido? ¿Sería auténtico el mensaje, después de todo? ¿Tendría algo que ver en aquel asunto el indeseable con el que se habían topado? ¿Trató de alejarlos a propósito de Can Belanyé cuando les indicó un camino falso el primer día? ¿Y si la explicación a aquella ausencia era tan simple como que habían sufrido un accidente? Cuando David se apartó de sus amigos ya no llovía, pero alguno de los tres pudo haberse lastimado de una forma u otra...

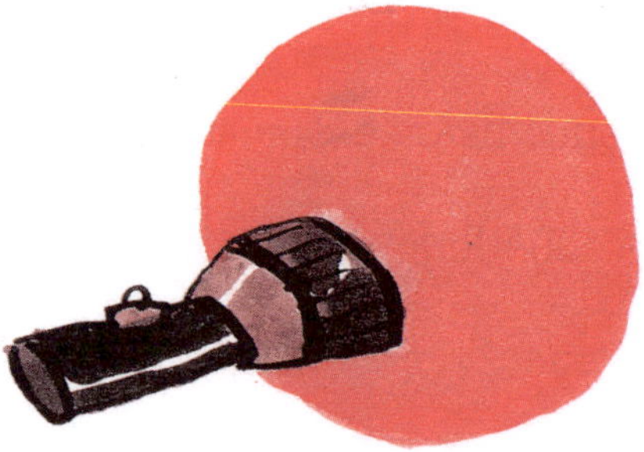

14

El acercamiento

RAFA, Víctor y Ana abandonaron el cobertizo en cuanto David se marchó. Había dejado de llover, el sol despuntaba de nuevo entre las nubes, y el peligro de los rayos ya había quedado en el recuerdo.

A unos doscientos metros, en una zona llana de la montaña y protegida por la vertiente que ascendía hasta la cumbre, se divisaba una casa de campo rodeada de corrales. Restos de paredes construidas con piedras delimitaban pequeñas parcelas, que en otro tiempo debieron de ser campos de cultivo; la mayoría, no obstante, no se mantenían en pie y la maleza había comenzado a ocultarlas en varios puntos.

—Esto parece desierto –comentó Ana.

—La verdad es que sí –otorgó Víctor.

Rafa, desoyendo a sus compañeros, mantenía la vista clavada en un punto situado frente a él.

—¿Qué ocurre? –preguntó Ana.

—El sitio parece desierto, de acuerdo, pero por aquí ha pasado un burro o un caballo no hace mucho...

—¿Cómo lo sabes? –preguntó Víctor.

—¿Veis esas boñigas en el camino? Son de un burro o de un caballo –afirmó el mayor.

—Están mojadas y casi no se distinguen –observó el menor de los chicos.

—No me equivoco –insistió Rafa.

—Bueno –dijo Ana–. Estamos cerca del pueblo y es posible que se organicen excursiones a caballo...

—Travesías, sí –interrumpió el mayor–. Pero este sendero está claro que termina en la casa...

—¿Y qué? –siguió la muchacha–. ¿Acaso no pueden subir a caballo hasta aquí y luego dar la vuelta?

—Eso es posible –intervino Víctor.

—Quizá sí, pero... No sé, hay demasiadas excursiones de interés para que a alguien se le ocurra hacer esta, que no tiene ningún atractivo –concluyó Rafa, pensativo.

Los chicos siguieron el sendero hasta que terminó en el claro en el que se levantaba la casa y los corrales.

—Por si nos quedaban dudas –dijo Rafa–, ahora ya sabemos que esto acaba aquí.

—¿Qué hacemos? –preguntó Víctor.

—Nos acercaremos, pero dando un rodeo –afirmó el mayor.

—¿De veras crees que hay alguien? –inquirió Ana, dirigiéndose a su novio.

—No lo sé, pero no nos cuesta nada caminar hasta allí sin dejarnos ver.

Los chicos se desviaron unos metros hacia la izquierda, donde un espeso bosque que ascendía casi hasta la cumbre de la montaña les permitiría pasar inadvertidos en su acercamiento a la casa.

—¿Cómo sabemos que esto es Can Belanyé? –preguntó Víctor.

—No lo sabemos –otorgó Rafa–, pero el camino acaba aquí y todo parece indicar que es esa casa...

En aquel momento, Ana se detuvo cuando el terreno se convirtió en una poza, que estaba llena a causa de la reciente lluvia. Rafa siguió con la vista el trazado que seguía el agua que se escapaba de allí, caminó unos metros al borde del cauce y regresó de inmediato afirmando:

—Esto acaba en un barranco que se pierde montaña abajo. Apuesto lo que queráis a que hemos llegado al nacimiento del arroyo que llevó la botella del mensaje hasta el río principal.

Y, apoyando su tesis, el joven descubrió una fuente natural a pocos metros de la balsa.

—¿Qué ha sido eso? –exclamó Ana de pronto.

Los muchachos guardaron silencio hasta que el sonido volvió a repetirse…

—¡Un burro! –afirmó Rafa–. Eso es el rebuzno de un burro. Ya os he dicho que uno, por lo menos, había pasado por aquí…

—Pero la casa parece desierta –dijo Víctor.

—¿Y qué? –observó Ana–. ¿Acaso la gente que viva aquí no puede ausentarse en algún momento?

—Es que no es solo la casa –siguió el chico–. Todo parece abandonado. Los campos están llenos de maleza; los corrales, en ruinas, y si miramos detenidamente la masía, se ven vidrios rotos y una parte derruida…, ¿lo veis?

—Eso es verdad –otorgó la muchacha.

—¿Puede vivir alguien aquí? –preguntó Víctor.

—¿Algún *okupa?* –sugirió ella.

—Lo que está claro –continuó Rafa– es que si hay alguien aquí arriba, debe de estar de paso, o bien vive en la más absoluta miseria. Los campos están abandonados y, tienes razón, Víctor, la casa amenaza ruina y todo indica que hay una parte derruida...

—Sí, pero... ¿no os parece que hay algún trapo o cortina en aquella ventana, junto a la puerta? –apuntó Ana.

—Si hay un burro, y lo hay –afirmó el mayor–, es que hay gente...

Rafa, que iba caminando, se interrumpió a la vista de un pequeño trozo de terreno cultivado.

—¿Qué hace esto aquí? –inquirió con gesto de extrañeza–. Hay campos sin cultivar y alguien ha plantado esto aprovechando este claro oculto en el bosque... ¿Qué sucederá aquí?

—¿Será alguna familia de gitanos? –sugirió Víctor.

—¿Por qué se ocultarán? –siguió Ana.

—Porque van de *okupas* –concluyó Rafa.

En aquel momento, un nuevo e inesperado sonido alertó a los chicos:

—¿Una gallina? –preguntó Ana.

—Eso parece –dijo el mayor–. Aquí hay alguien, chicos, y tengo ganas de echar un vistazo. Seguiremos por el borde del bosque hasta la casa. No quiero que nos vean llegar.

Sin intercambiar más palabras, los tres continuaron la marcha con Rafa a la cabeza.

15

¿Dónde está Rafa?

CUANDO el pequeño grupo llegó al primer corral, algo apartado de la casa, reinaba el más absoluto silencio y su interior estaba desierto. Trozos del techo se habían caído y la maleza invadía el suelo y parte de las paredes.

Enfrascados en su examen del lugar, y de espaldas a la vivienda principal, ninguno de los muchachos advirtió que un trapo o cortina se había movido detrás de una ventana y que alguien los observaba.

—Sigamos –dijo Rafa–. Es evidente que el burro o las gallinas no están aquí.

Ana sintió un estremecimiento y se acercó a su novio.

—Estoy un poco asustada –confesó.

—Tranquila, princesa –dijo el muchacho, abrazándola–. Probablemente, todo tendrá una explicación lógica…

—¿Estás seguro? –inquirió Víctor, que tampoco veía muy claro aquel asunto.

—Si no hubiéramos encontrado el mensaje –continuó el mayor–, no veríamos nada extraño, ¿no os parece?

—No, Rafa –afirmó Ana–. Todo esto es raro. Aquí vive alguien y ese alguien intenta pasar inadvertido... No sé... Es como si hubiera malas vibraciones, o algo así...

—Ana tiene razón –intervino Víctor–. Hay algo en el ambiente... Si Nuria estuviera aquí, ya estaría hablando de misas negras o algo por el estilo...

—¿Las gallinas serán para algún ritual? –apuntó la muchacha.

—Chicos –dijo Rafa–, nos estamos dejando llevar por la imaginación y creo que la última tormenta de rayos nos ha afectado un poco. Es verdad que este sitio parece deshabitado y tenemos indicios de que puede haber alguien. Y también es cierto que siento una tremenda curiosidad por averiguar qué pasa aquí, pero no encuentro motivos para que estemos asustados.

Víctor, que deseaba fervientemente agradar a Rafa y parecerle preparado para acompañarle en sus escaladas, respiró profundamente unas cuantas veces para tranquilizarse y encabezó la marcha por el margen del bosque hasta el siguiente corral, una especie de cobertizo en un terreno que antiguamente debió de ser una era.

La inspección del segundo edificio resultó tan infructuosa como la del primero. El cobertizo estaba en ruinas y todo el techo se había desplomado sobre el suelo.

—Sigamos –dijo Rafa–. Ahí hay otro corral.

Allí encontraron a las gallinas. Una tela metálica en la puerta encerraba a tres aves en el interior de la rústica construcción. También se hallaba en mal estado, pero el techo se mantenía y su aspecto no era tan desastroso como el de los edificios anteriores.

—¿Y el burro? –preguntó Víctor.

Quedaban dos corrales en las cercanías del edificio principal, pero tratar de llegar a ellos sin ser vistos suponía una tarea difícil. Ambos estaban muy cercanos a la casa.

—No os mováis –ordenó Rafa–. Yo iré a mirar.

—¿Y si te descubren? –preguntó Ana, sin ocultar su nerviosismo.

—¡Mala suerte! Después de todo, no estamos haciendo nada ilegal, ¿no os parece?

Rafa, sin apartar la vista de la vivienda principal, dejó a sus compañeros junto a las gallinas y caminó hacia el primero de los edificios cercanos a la casa. Víctor y Ana, entretanto, se agazaparon entre unos arbustos y aguardaron llenos de impaciencia.

Pasaba el tiempo. Los muchachos habían visto a Rafa acercarse a un corral y entrar, supuestamente, en el interior, pero no lo habían visto salir, y ya hacía diez minutos de eso...

—¿Por qué tardará tanto? –inquirió la chica, visiblemente nerviosa y consultando su reloj. ¡Eran las seis y media de la tarde!

—No lo sé, Anni. Desde aquí no vemos la puerta del corral...

—¡Pero ha entrado!

—Eso parece, pero no podemos asegurarlo.

—¡Dios mío! ¡No me gusta este asunto! ¡Es todo tan extraño, tan absurdo!

—Yo creo que aquí arriba habrá *okupas,* y por eso no se dejan ver demasiado –apuntó el muchacho.

—Pero ¿por qué no vuelve Rafa? ¡Ya hace quince minutos que se ha ido! ¿Qué ha podido encontrar aparte del burro?

—Esperaremos cinco minutos más y luego iré a mirar.

—¡Ni hablar! ¡Si te mueves de aquí, iré contigo! –afirmó Ana, resuelta.

Bastante inquietos, escudriñaron con la vista las cercanías del corral en el que había entrado Rafa y todo cuanto podían ver, pero el silencio era absoluto. El edificio, además, tenía su entrada por el lado opuesto, de cara a la casa, y solo la pared del fondo y uno de los lados les quedaba a la vista.

Unos minutos más tarde, bastante asustados, Ana y Víctor salieron de su escondrijo y se arrastraron entre matorrales en dirección al corral. Con cuidado, el muchacho asomó la cabeza. Por un instante, la oscuridad interior le cegó y no vio nada; luego descubrió un famélico asno atado a un pesebre y unas cuantas alforjas y correas... De Rafa, sin embargo, no había ni rastro.

16

Un misterioso corral

ANA miró incrédula hacia el interior del corral. Durante unos segundos no fue capaz de articular palabra, y al fin, todo el nerviosismo acumulado durante las últimas horas estalló en forma de un ahogado sollozo. Dos lagrimones resbalaron por las mejillas de la muchacha mientras su cuerpo empezaba a temblar convulsivamente. Víctor la cogió de la mano y trató de tranquilizarla.

—No te preocupes, Anni. Rafa sabe cuidarse. Casi seguro que habrá encontrado algo y se ha puesto a indagar.

—¿Así? ¿Sin decirnos nada?

—Quizá no podía... No te preocupes por él, de verdad. ¡Es un tío resuelto!

Ana también lo creía así. De hecho, lo que más admiraba de Rafa era su carácter firme, su valentía y su saber estar en todas las situaciones. Pero ¿dónde podía hallarse?

La muchacha dio un involuntario respingo cuando el asno decidió intervenir en la conversación con un largo y sonoro rebuzno.

—¡Tengo los nervios a flor de piel! –comentó.

—Yo también, pero lo mejor que podemos hacer es echar un vistazo ahí dentro y ver qué encontramos.

El corral era bastante grande y más alargado que ancho. Solo disponía de una diminuta ventana y había bastante oscuridad en el interior. Con pasos vacilantes, Ana y Víctor se adentraron un poco... El asno se hallaba al fondo, atado a un pesebre, y miraba a los intrusos de frente y con las orejas tiesas.

—No te acerques mucho al bicho –susurró Víctor–, que igual da coces.

—Parece famélico.

—Lo está. No entiendo de asnos, pero yo diría que ese tiene más años que todos nosotros juntos, los siete, quiero decir.

El suelo del corral estaba cubierto de una gruesa capa de estiércol, mezclado con algo de paja.

—Mira –dijo el muchacho, señalando con el dedo–: ese estiércol es humano... Alguien utiliza esto como cagadero.

—Puede ser. En las casas antiguas no había aseos...

Ana y Víctor siguieron inspeccionando el lugar muy nerviosos. Constantemente giraban la vista en dirección a la puerta, que se hallaba a su espalda y de cara a la casa. Hallaron algunas alforjas, como ya vieron desde el exterior, y también varios útiles de labranza, la mayoría rotos y oxidados. Pero no había mucho más que ver.

De pronto, Ana y Víctor se quedaron paralizados al escuchar un extraño sonido...

—¿Qué ha sido eso? –inquirió la muchacha, cogiendo del brazo a su amigo.

—No lo sé –respondió el chico, blanco como el papel.

—Parecía un sollozo...

—Sí, pero se oía muy lejos, muy apagado...

Los dos muchachos escucharon con atención, pero el sonido no volvió a repetirse.

—¿Lo habremos imaginado? –preguntó Ana, muy nerviosa.

—¿Imaginarlo? ¿Los dos? Hemos oído algo, Anni, pero...

—¿Sería Rafa? –interrumpió la chica, cogiéndose a Víctor del brazo, y visiblemente asustada.

—Tranquilízate, Anni... Estoy seguro de que Rafa ha descubierto algo y está investigando.

—¿Qué hacemos?

—Recorreremos este antro hasta el final por si encontramos alguna cosa...

Los dos muchachos, cogidos de la mano, continuaron su inspección. De pronto, Ana tropezó, y habría caído de bruces de no ser por su amigo. Ambos miraron hacia el suelo y entonces descubrieron el objeto que había trabado el pie de la muchacha: bajo el estiércol asomaba una arandela grande que servía para abrir una trampilla.

Víctor se agachó, limpiando con el pie la superficie de la puerta; entonces comprobó que estaba cerrada con un grueso candado sujeto a una cadena.

—¿Qué será esto? –preguntó Ana.

—No sé... Una bodega, quizá... ¡Pero no hay forma de abrirlo!

Un nuevo sonido, semejante al que escucharon antes, volvió a quebrantar el silencio, pero era irreconocible y apenas audible.

—¿Habrá algo ahí abajo? –sugirió Ana–. ¿Un animal?

—No lo sé.

Víctor golpeó con el pie la superficie de madera de la trampilla y de nuevo el sonido volvió a escucharse.

—Hay algo o alguien aquí –afirmó la muchacha.

—Y no hay forma de abrir esto –siguió el chico.

—¿Será Rafa? –preguntó Ana, inquieta.

—No, no puede ser.

A pesar de lo que había dicho, Víctor gritó:

—¡Rafa! ¿Eres tú?

Se oyó un nuevo lamento, algo parecido a un sollozo.

Víctor y Ana se miraron perplejos e indecisos. ¿Qué podían hacer? ¡Era todo tan inverosímil!

De pronto, un ruido a sus espaldas alertó a los chicos y ambos se giraron de inmediato. A contraluz, distinguieron la silueta de una persona entrando por la puerta.

17

¡Atrapados!

–¿QUÉ diablos? –masculló el sujeto–. ¿Quién anda ahí?

—¡Es él! –susurró Ana al oído de su amigo.

—Tienes razón, es el borracho...

—¡Salid inmediatamente de ahí, quienquiera que sea!

—No nos ha reconocido –murmuró la muchacha.

—Es solo cuestión de pocos segundos...

No se equivocaba Víctor:

—¡Vaya! ¡Sois los imbéciles del bar!

—¡El imbécil lo será usted! –replicó Ana, que cuando se enfadaba sacaba a la luz su yo más valiente.

—¿Yo imbécil, niñata de mierda? ¡Salid de aquí inmediatamente!

—¡Saldremos cuando nos dé la gana! –exclamó Víctor, envalentonándose como su amiga.

—¿De veras? –vociferó José, cogiendo una horca de madera y entrando en el corral.

—¡Como se atreva a tocarnos, se las verá con la policía! –gritó el muchacho.

—¿La policía? Ja, ja, ja...

—¡Delo por seguro! –añadió Ana.

—¿Y quién la avisará? ¿Vosotros? Ja, ja, ja...

Aquel hombre era un desalmado, no cabía duda. No parecía hallarse tan borracho como el día anterior, pero sus modales eran aún peores.

—¿Qué estáis robando? ¿Qué hacéis ahí?

—¡No robamos nada! –gritó Víctor–. Solo estamos de excursión.

—¿En un corral?

—Es que hemos oído al burro –explicó Ana– y lo estábamos mirando.

—¡Pues ya podéis dejar de mirarlo si no queréis que os abra la cabeza con esto! –añadió el hombre, mostrando la horca.

—¿De qué va usted? –exclamó el muchacho.

—¡Nuestros amigos saben que estamos aquí! –gritó Ana.

—Sí, los he visto bajar –otorgó el hombre–. Por cierto, la cría cayó en un barranco y les habrá costado lo suyo pescarla. ¡Ja, ja, ja…!

Aquellas palabras hicieron que los chicos se estremecieran.

—Tranquila –murmuró Víctor–. Solo quiere asustarnos. Seguro que es mentira.

—¿Y si no lo es?

—Recuerda que David se ha ido tras ellos. Él sabrá qué hacer.

El sujeto siguió avanzando, blandiendo la horca a modo de porra.

—¡Fuera! –vociferó.

—¿Con qué derecho…? –gritó Ana.

—¡Con el mío! –interrumpió el hombre–. ¡Estáis en mi casa!

—¿De veras? –replicó Víctor–. ¿Puede enseñarnos la escritura de propiedad?

—¡Mierda de críos! Queréis pelea, ¿no es eso? ¡Pues la vais a tener!

Víctor miró apresuradamente a su alrededor buscando algo con que defenderse, pero Ana se anticipó cogiendo una herrumbrosa herramienta de arar.

—¡No se acerque! –vociferó la chica, empuñando el arma por encima de su cabeza.

Escudado en la muchacha, Víctor se hizo con un trozo de cadena de hierro, se situó delante de ella y preguntó:

—¿No ha oído a mi amiga, estúpido?

Aquello enfureció al sujeto, que propinó un golpe al muchacho con la horca y le acertó en el hombro. Ana, a su vez, golpeó al tipo con su herramienta produciéndole una herida en el brazo.

—¡Hijos de...! –bramó el borracho.

—¡La segunda será más certera! –afirmó la chica.

—¡Y que sepa que se pudrirá en la cárcel! –exclamó Víctor, masajeándose el hombro dolorido.

—¿De veras? Lo siento por vosotros, pero no podréis denunciarme... No os queríais ir hace un momento y ahora no saldréis de aquí.

Ana y Víctor intercambiaron una imperceptible mirada de angustia. Aquel tipo estaba loco, era un desalmado y parecía resuelto a todo. Por fin, la muchacha, pensando con rapidez, se aventuró a comentar algo más:

—¿Sabe que no estamos solos?

—Sí, hay un burro ahí dentro, si te refieres a eso.

—Pues no, no me refiero a eso...

Víctor, adivinando la intención de su amiga, decidió seguirle el juego:

—¡Déjalo, Anni! ¿No ves que no sabe contar? No es más que un borracho analfabeto...

Aquellas palabras alertaron al tipo, que giró la vista un segundo mirando hacia la puerta.

—¿Dónde está el que falta? –gritó al fin.

—Avisando a la policía –respondió Ana, aparentando una serenidad que distaba mucho de poseer.

—¿Qué? –dijo Víctor–. ¿Se aparta para que pasemos o prefiere que Rafa le abra la cabeza?

El sujeto dudó un segundo y el muchacho aprovechó la ocasión para golpearle fuertemente con la cadena. El impacto tiró al hombre al suelo y los chicos aprovecharon el instante para huir hacia la salida.

¡Una nueva figura apareció a contraluz en la entrada del corral!

—¡Rafa! –gritó Ana, corriendo hacia su novio.

—¿Qué pasa aquí? –preguntó el joven.

—¡Quería matarnos! –gritó la muchacha, abrazándose al líder del grupo.

De pronto, Rafa, Ana y Víctor palidecieron. El sujeto se había puesto en pie, había caminado hasta el fondo del corral y regresaba empuñando una escopeta.

—¡Alto ahí, cabrones! Parece que ahora ya estamos todos...

18

Horas de angustia

RAFA rodeó a Ana con un brazo y a Víctor con el otro.

—¿Qué significa esto? –gritó.

—Significa que estáis en una propiedad particular, robando sin lugar a dudas, y yo sé qué hacer con los ladrones...

—¿Propiedad particular? –replicó Rafa–. ¡Usted es un *okupa!*

—¡Y no somos ladrones! –añadió Víctor.

—¿De qué tiene miedo? –siguió Rafa.

—¿Miedo? –replicó el sujeto–. ¡Vosotros deberíais tenerlo, imbéciles!

—Si solo estuviera aquí de *okupa,* no estaría tan asustado... –continuó el mayor, con absoluta firmeza.

El hombre seguía apuntando a los chicos. Su mirada, vidriosa y fría, era totalmente inhumana. Aquel sujeto no solo era un borracho impresentable. Tenían ante sí a un desalmado violento dispuesto a todo para salvaguardar algo, no sabían qué.

—¡En marcha! –bramó el tipo sin dejar de apuntar a los chicos–. ¡Todos adentro!

El hombre pretendía que los muchachos regresaran al interior del corral, pero como ninguno de los tres se movió, puso un cartucho en la escopeta y quitó el seguro.

—Vamos –susurró Rafa a sus amigos–. De momento, tendremos que obedecer...

Abrazados, con el tipo apuntándoles por la espalda, los tres chicos entraron en el corral.

—¡Al fondo! –gritó el sujeto sin dejar de apuntar.

Poco a poco, los muchachos fueron caminando. Rafa intentó pensar deprisa, pero no se le ocurría nada...

—¿Qué quiere? –preguntó al fin.

—¡A callar! ¡Y ya podéis ir tirando la cadena y el arado!

Víctor y Ana todavía conservaban sus útiles de defensa. El muchacho tiró la cadena de hierro a un lado, pero Ana, que actuaba muy impulsivamente cuando se enfadaba, echó su arma hacia atrás y le dio al tipo en un pie.

—¡Pagarás por esto, hija de p...!

—¡Como la toque, dese por muerto! –gritó Rafa, abrazando con más fuerza a la muchacha.

—¡Vosotros! ¡Al rincón! –bramó el sujeto dirigiéndose a Víctor y a Ana y sin dejar de apuntar con el arma.

En cuanto Ana y Víctor estuvieron lo suficientemente alejados de Rafa, el hombre cogió una cuerda y con gran destreza inmovilizó al muchacho atándolo a un pesebre.

—¡Ahora tú! –gritó, mirando a Víctor–. ¡Ven aquí!

El hombre ató al joven a otro pesebre y a unos dos metros de Rafa. Solo quedaba Ana... Estaba al fondo del corral y a poca distancia del asno, que contemplaba la escena con las orejas levantadas y parecía tan asustado como los chicos.

El tipo caminó hasta la muchacha sin dejar de apuntarla y con otra cuerda preparada. Cuando llegó a ella, no obstante, le arreó una formidable bofetada que dejó sus dedos marcados en el rostro.

—¡Esto por las dos heridas que me has hecho! –bramó.

—¡Maldito cobarde! –gritó Rafa–. ¡Enfréntese a un hombre, no a una chica!

—Voy a merendar –dijo el tipo por toda respuesta, mientras ataba a Ana en otro lugar del pesebre–. Ya pensaré qué hacer con vosotros.

Unos segundos más tarde, el hombre se marchó, caminando en dirección a la casa.

—¡Anni! –exclamó Rafa–. ¿Estás bien?

—Podría estar mejor... Lo que más me duele es la moral...

—¿Qué hará con nosotros? –preguntó Víctor.

—Supongo que solo pretende asustarnos para que no volvamos por aquí –dijo Rafa, tratando de tranquilizar a sus amigos, pero poco convencido de sus propias palabras.

—¿Os ha atado muy fuerte? –preguntó Ana–. ¡Yo no puedo moverme!

—Lo ha hecho bien el muy cabrón –respondió Rafa–. ¡Sabe hacer nudos!

Estaba oscureciendo. Ya hacía dos horas que los muchachos se hallaban atados en el corral y los tres sufrían calambres y tenían las muñecas enrojecidas. El tipo no había vuelto a aparecer y no habían escuchado sonido alguno procedente de la casa.

—¿Nos tendrá aquí toda la noche? –preguntó Víctor–. ¡Ya no aguanto más!

De pronto, los tres guardaron absoluto silencio: una vez más se oyó un raro sonido, muy lejano y apagado, pero parecido a un sollozo.

—¿Qué ha sido eso? –preguntó Rafa.

—Antes hemos oído algo parecido –informó Ana–. No sabemos qué es, pero hay una trampilla en el suelo y está cerrada con candado.

—¿Habrá alguien ahí abajo? –inquirió Víctor sin esperar respuesta.

—¡Dios mío! –concluyó Rafa–. ¿Dónde nos hemos metido?

—¿Has visto algo antes? –preguntó el pequeño.

—No. He inspeccionado el otro corral, que está lleno de basura, y me he acercado a la casa. La puerta estaba cerrada con llave, pero hay una parte derruida y quizá se pueda entrar. De hecho, volvía a buscaros cuando he oído las voces del borracho y os he visto a vosotros.

—¿Venía de la casa? –inquirió Ana–. El tipo, quiero decir.

—No, ha tenido que aparecer por el camino. De la casa no ha salido.

—¿Entonces será verdad que Nuria...? –a Ana se le cortó la frase y se contuvo para no llorar. Víctor informó a Rafa de las palabras pronunciadas por José respecto al accidente y los tres se sumieron en un angustioso silencio.

19

Nuevos personajes

–¿QUÉ hora es? –preguntó Ana, mucho más tarde.

—La una de la madrugada –respondió Rafa.

Los chicos se caían de sueño, pero eran incapaces de dormir en esas condiciones. Estaban atados, de pie, y bastante asustados. Era evidente que se habían topado con un sujeto desalmado sin el más mínimo indicio de moral ni de principios... Parecía claro que ocultaba algo, dado el interés que demostró por alejar a los chicos de Can Belanyé, y dado el enfado monumental con el que los había recibido al descubrirlos en el corral. La cuestión era: ¿qué haría con ellos? ¿Para qué los retenía si con esa actitud lo único que se aseguraba era que lo denunciasen? Lo más sensato para el tipo habría sido dejarlos marchar, no retenerlos. ¿Qué sentido tenía semejante secuestro?

De pronto, el asno levantó las orejas y miró con atención hacia la puerta. Ana, que era la que se hallaba más cerca de él, fue la única que lo advirtió, y su corazón le dio un vuelco al pensar que el hombre estaba de regreso. Trató de hablar con sus compañeros, pero la voz se le quebró...

—¿Qué es esa luz? –murmuró Víctor.

En efecto, en el exterior se distinguía una tenue iluminación. Expectantes, los tres chicos clavaron la vista en la puerta del corral. Pocos segundos más tarde, advirtieron que la luz procedía de una vela que mantenía encendida una figura pequeña y enjuta, de pie en la entrada. En un susurro apenas audible, una voz de niña preguntó:

—¿Hay alguien...?

—Aquí –dijo Rafa, también bajando a tope el *volumen.*

La luz de la vela confería al rostro de la pequeña un trazo espectral. Muy indecisa y muy lentamente, la niña caminó hacia Rafa, que era el que se hallaba más cerca.

—¿Quién eres? –preguntó el muchacho.

La niña intentó responder, pero no le salió la voz. Rafa vio a una pequeña de unos diez años de edad, vestida con harapos y con una expresión de terror en el rostro que le sobrecogió.

—¿Puedes soltarme? –susurró el muchacho.

—Me matará. No puedo hablar con extraños... Pero os he visto y yo... Yo...

—Tranquila... ¿Quién te matará?

—Él...

—¿Dónde está ahora?

—Dormido, completamente borracho, pero puede despertar...

—Tranquilízate. Ayúdame a desatarme y te prometo que te protegeré. ¿Cómo te llamas?

—María...

—Muy bien, María. Trata de desatarme, por favor. Enseguida acabará esta pesadilla. Te aseguro que somos amigos y te ayudaremos.

—No puedo, no puedo...

—María, por favor. Nosotros solos no podemos desatarnos y no sabemos qué se propone ese tipo...

—Es mi padre... –susurró la pequeña.

—¡Dios mío! –exclamó Rafa–. ¡Pobre niña! Tranquilízate, María. Somos amigos y te sacaremos de aquí. Date prisa, por favor...

Indecisa, María se acercó más al muchacho y trató de soltar las ataduras, pero estaban demasiado fuertes y no lo consiguió.

—Haría falta un cuchillo, o algo así –dijo Rafa.

—¡No puedo volver a la casa! Por favor... Si se entera de esto, me matará.

—No te matará, te doy mi palabra.

—Yo...

—A ver, María, prueba a soltar a Víctor o a Ana.

La pequeña obedeció. Caminó hasta el otro muchacho y trató de desatarlo, pero de nuevo no lo logró. Probó entonces con Ana y el resultado fue idéntico. En aquel instante volvió a oírse el extraño sonido que ya había alertado a los chicos anteriormente.

—¡Tony! –gritó la niña, corriendo hacia la trampilla de madera.

—¿Tony? –repitió Rafa.

—¡Tony está ahí! ¡Y le da miedo la oscuridad! Pero no tengo la llave –murmuró María, llorando.

—¡Dios mío! –exclamó Ana–. Inténtalo de nuevo, por favor. Intenta desatarnos y te ayudaremos, María.

La pequeña volvió al lado de la otra muchacha y volvió a manipular las ataduras, pero los nudos eran demasiado fuertes para sus frágiles dedos. Desesperada, la niña rompió a llorar convulsivamente.

Rafa y sus amigos se miraron en silencio y con expresión de impotencia. El tiempo iba pasando y María, incapaz de desatar a los chicos, estaba en cuclillas, junto a la trampilla y llorando desconsoladamente.

—María –susurró Rafa–. Vuelve a la casa, por favor, y busca un cuchillo o algo así.

—¿Y si me ve? –sollozó la niña.

—No tenemos alternativa –insistió el muchacho–. Tú también dependes de nosotros...

—Quizá pueda usar alguna herramienta de aquí –murmuró Víctor.

María se puso en pie y comenzó a recorrer el corral en busca de algo con lo que cortar las ataduras de los chicos. Iba despacio, tambaleándose y llorando sin apenas emitir sonido alguno. Sin lugar a dudas, se trataba de una niña completamente aterrorizada. Pronto, los muchachos conocerían su auténtica historia y la de ese Tony, pero bastaba saber que el desalmado con que se toparon era su padre para adivinar las circunstancias en que vivía la pequeña.

De pronto, el asno volvió a levantar las orejas y se inquietó. María miró aterrorizada al animal temiendo que su padre estuviera de regreso... Con la cara desencajada por el miedo, la pequeña clavó la vista en la puerta del corral. Los cuatro muchachos permanecieron en absoluto silencio y temblando de angustia mientras una silueta se recortaba, apenas visible, contra la claridad tenue del exterior.

—¿Estáis ahí? –susurró una voz.

—¡David! –gritó Rafa–. ¡Gracias a Dios que has venido!

—¿Qué es esto? –inquirió el muchacho, asombrado ante el cuadro que tenía delante.

—¡Rápido! ¡Desátanos!

—Pero...

—Luego, David –insistió Rafa–. Luego hablaremos. ¡Date prisa, por Dios!

20

La huida

TAMBIÉN a David le costó desatar a Rafa, ya que los nudos estaban muy apretados, pero lo consiguió. En cuanto estuvo libre, el muchacho se tambaleó y poco le faltó para caerse de bruces. Con rapidez, David se ocupó de liberar a Víctor, y Rafa a Ana. ¡No podían perder tiempo! ¡Había que inmovilizar al desalmado antes de pensar en otra cosa! Los chicos se llevaron las cuerdas y salieron del corral.

María caminó hacia la casa, temblando todavía y presa del pánico. Rafa la abrazó para infundirle un poco de tranquilidad y le aseguró:

—Te sacaremos de aquí.

—¡No me atrevo a entrar!

—Dinos dónde está –pidió Rafa–. David y yo nos encargaremos de él.

—En la primera planta hay una cocina y dos habitaciones. Está en una, tumbado en la cama.

—Bien. Lo ataremos sin que se despierte.

—Lleva encima la llave de la bodega, siempre la lleva encima.

—¿La bodega? –preguntó Ana.

—Esa trampilla del corral... Tony está allí. Solo tiene cinco años...

—Tranquilízate –dijo Rafa–. Lo sacaremos. Quedaos aquí, chicos. David y yo nos ocuparemos de esto.

Obedientes, Ana, Víctor y María se sentaron en un bancal y esperaron. Ana estaba especialmente nerviosa y temía por la suerte de su novio, pero no pronunció palabra y se limitó a abrazar a la pequeña, que seguía llorando en absoluto silencio.

En cuanto los dos mayores traspasaron el umbral de la vivienda oyeron los fuertes ronquidos del borracho. Más tranquilos, encendieron la linterna de David y comenzaron la búsqueda.

La casa estaba casi en ruinas, aunque podía verse que se habían hecho pequeños arreglos en aquella ala para mantenerla en pie. Una escalera de piedra condujo a los chicos a la primera planta. Hacia la derecha se abría un socavón producido por el derrumbamiento de parte del techo, y estaba tapado con maderos; en el lado izquierdo se hallaba la cocina, amplia y con una gran chimenea. Una puerta conducía a un distribuidor con dos habitaciones y un granero. Los ronquidos partían de la primera estancia. Rafa y David escudriñaron el lugar tratando de ver al hombre; mantenían la linterna enfocada hacia otro lado para no despertarlo. Cuando lograron ver lo suficiente en medio de la oscuridad, los dos muchachos se miraron asintiendo con la cabeza y sin pronunciar palabra. Con la velocidad del rayo, David pasó una cuerda por las manos del tipo y Rafa por los pies. En segundos quedó inmovilizado en la cama.

—¿Qué diablos? –gritó el hombre, despertando de pronto.

—¡Va a saber lo que es estar atado unas cuantas horas, cabrón! –gritó Rafa–. ¡Y no se queje o le dejaremos de pie, como ha hecho usted con nosotros!

—¡Maldición! ¡Soltadme!

—Ese trabajo se lo dejaremos a la poli –respondió David.

—¡María! –gritó el hombre–. ¡Ven aquí de inmediato!

—Me temo que María se viene con nosotros –dijo Rafa.

—¡Maldita zorra! Os ha soltado ella, ¿verdad?

—Sujétalo un poco –pidió Rafa hablando con su amigo y desoyendo al sujeto–. Tenemos que sacarle las llaves.

El tipo siguió maldiciendo y jurando, y retorciéndose todo cuanto le permitía su situación. Era un hombre forzudo, y si los chicos no hubieran tenido la suerte de hallarlo dormido, no habrían podido inmovilizarlo.

—¡Aquí! –dijo Rafa, sacando un manojo de llaves del pantalón del tipo.

—¡Os mataré! –gritó.

—Que duerma bien –añadió David por toda respuesta–. A primera hora vendrán los basureros a recogerle, pedazo de estiércol.

—No merece la pena que intente soltarse –añadió Rafa–. Mi amigo y yo somos escaladores y sabemos hacer nudos.

Los dos amigos volvieron sobre sus pasos dejando al hombre atado de pies y manos e inmovilizado en la cama, mientras seguía jurando y maldiciendo. José trató de pensar con rapidez, pero no podía hacer nada. Con toda probabilidad –se dijo–, el trabajo ya estaría hecho y nada lo relacionaría con él, eso estaba bien, pero si no lograba desatarse antes de que fueran a buscarlo, no podría cumplir con su parte... Tampoco podría avisar, pues habían decidido romper la comunicación. Jurando y maldiciendo, el tipo puso todo su empeño en tratar de liberarse: de ello dependía el plan que había elaborado durante años.

En segundos, los muchachos se reunieron con los demás y juntos corrieron hacia el corral para tratar de abrir la trampilla. David probó tres llaves antes de dar con la adecuada. Por un momento temió que en aquel manojo no se hallara la de la bodega, pues la idea de volver a la casa y registrar al borracho era muy poco apetecible, pero hubo suerte.

En cuanto la trampilla se abrió, María bajó las escaleras de madera gritando:

—¡Tony! ¡Tony!

—María...

El resto de los muchachos bajó tras la pequeña y el cuadro que vieron, pese a que se temían lo peor, los dejó sobrecogidos. La bodega era casi tan grande como el corral, y solo en un rincón se divisaba un diminuto respiradero, tapado con una rejilla, que debía de conducir al exterior. En un rincón yacía el pequeño de cinco años, completamente demacrado y con la cara sucia y mojada por las lágrimas. Restos de alimentos, una garrafa medio vacía y un pestilente colchón completaban el cuadro. El niño corrió hacia su hermana y ambos se abrazaron frenéticamente.

—¡Vámonos de aquí! –dijo David–. ¡Hay que salir cuanto antes!

—¡Sí! –añadió Rafa–. Nos vamos de inmediato. Por el camino habrá tiempo de enterarnos de qué va esto...

—¿Y nosotros? –murmuró María.

—Os vendréis.

—¿Y si nos encuentra?

—No os encontrará. En cuanto lleguemos abajo acudiremos a la policía. Ellos se encargarán de vosotros y de ese miserable –concluyó Rafa.

21

Una dramática historia

RAFA, Ana y Víctor caminaban con dificultad. Las horas de inmovilidad y las ligaduras habían entorpecido considerablemente sus músculos. También David estaba exhausto tras todo un día de ir y venir, pero ni que decir tiene que todos se esforzaron por huir a escape de aquel lugar. El pequeño Tony, de la mano de su hermana, caminaba en silencio y sin quejarse, pese a que el sendero era abrupto para él. En algunos tramos, David y Rafa se turnaron para llevarlo en brazos. Eran las cinco de la mañana y pronto amanecería. Los muchachos, iluminados únicamente por la linterna de David y la luz de las estrellas, caminaron sin descanso durante más de una hora. Todos estaban agotados y Rafa propuso hacer un alto.

—Mejor nos paramos cuando lleguemos a Ollau –respondió David–. No me fío de ese tío. Lo hemos amarrado fuerte, pero prefiero no imaginar qué haría con nosotros si consiguiese soltarse.

Aquellas palabras hicieron que María y el pequeño lloraran de nuevo, y David se apresuró a tranquilizarlos.

—No se soltará –aseguró–, tranquilos. Pero es preferible que descansemos en un sitio habitado.

Sin más palabras, los chicos continuaron su descenso, que era tan rápido como sus cuerpos les permitían sin correr el riesgo de lastimarse. Empezaba a amanecer cuando divisaron las primeras casas de la aldea de Ollau, oyeron cantar a algunos gallos y ladrar a un par de perros. Sintiéndose razonablemente seguros en caso de peligro, los muchachos se detuvieron junto a una era y se sentaron.

—¿Es esto tuyo? –preguntó Rafa a María mostrándole el mensaje que encontró y que guardaba en un bolsillo del pantalón.

La pequeña afirmó con la cabeza.

—A ver –siguió el muchacho–. Cuéntanos...

María miró tímidamente a sus interlocutores, abrazó a su hermano y comenzó a hablar:

—Mamá murió hace un año. Vivíamos en una aldea, muy lejos de aquí. Ella hacía faenas y con ese dinero pasábamos. Él... Bueno, él a veces estaba en casa y a veces no. Cuando venía era horrible. Nos pegaba, nos insultaba...; a mamá también... Ella quería separarse, pero todos le teníamos miedo. Decía que nos mataría si ella se iba porque le servía para fregar y preparar la comida... Yo iba a la escuela, y me gustaba mucho, pero ahora ya no voy... Dice que eso son tonterías. Cuando mamá murió nos llevó allí. Nos prohibió hablar con extraños y dejarnos ver si alguien se acercaba a la casa. Yo me encargaba de la comida, la ropa y las faenas. Tony tenía que alimentar a las gallinas y a *Sun,* y también recogía frutas silvestres y regaba el huerto... Una vez, Tony y yo nos escapamos, pero nos encontró. Nos pegó una paliza y nos encerró tres días en la bodega...

—¡Dios mío! –exclamó Ana.

—Desde entonces –siguió María–, cada vez que se marcha encierra a Tony porque sabe que yo sin él no me iré... Él guarda la llave de la bodega. Además, me dijo que si yo me iba, a él lo mataría...

—¡Cielo santo! –interrumpió David–. Habéis vivido un infierno.

—Si viene y la comida no le gusta, me da una paliza... Un día que Tony tropezó al recoger los huevos y los rompió, le pegó con la correa y lo encerró en la bodega... A él le asusta la oscuridad...

—¡Es horroroso! –exclamó Ana.

—Una vez, solo una vez, vi excursionistas cerca de la casa, pero él estaba en ese momento y no me atreví...

A la pequeña se le soltaron las lágrimas de nuevo y Rafa se apresuró a abrazarla.

—Tranquilízate, María, la pesadilla ha terminado.

—¿No nos encontrará? –preguntó, presa del pánico.

—Seguro que no.

—¿Nos reclamará? Es nuestro padre...

—Dejará de serlo en cuanto la policía sepa esto –añadió David–. Pero has de contárselo absolutamente todo, sin ocultar nada.

—Cuando se marcharon los excursionistas –prosiguió la pequeña–, vi que habían dejado basura en un corral... Allí encontré tres botellas de plástico y algunos papeles de periódico y restos de una libreta. Me costó un poco escribir la nota, pero pensé que... Creí que a lo mejor...

—¡Y creíste bien! –afirmó Rafa–. Ya ves que uno de tus mensajes está aquí.

—Las eché al barranco, una cada día de lluvia intensa, que es cuando baja agua... Tenía miedo de que él encontrara alguna, pero...

—Fuiste muy valiente –dijo David.

—¡Qué horror! –añadió Ana–. Además de lo que ya teníais que soportar, vivir pensando que él podría encontrar una nota...

El pequeño Tony seguía sin pronunciar palabra y abrazado frenéticamente a su hermana. Ana sintió deseos de acariciarlo y tranquilizarlo, y también Víctor, que estaba tan asombrado que le costaba creer lo que oía y no había intervenido ni una sola vez en la conversación.

—¿Qué pasará ahora con *Sun?* –preguntó María de pronto.

—*¿Sun* es el burro? –inquirió Rafa.

La pequeña afirmó con la cabeza.

—Es muy viejo y él le azota cuando no puede con la carga... Le sirve para subir comida.

—¿Y con qué dinero compra? –preguntó Víctor.

—No lo sé. Tampoco sé si trabaja en algún sitio o no, pero sé que tiene una caja con dinero, joyas y algunos relojes... La vi una vez...

—¿Serán robados? –sugirió Ana.

María se encogió de hombros y afirmó:

—Mamá me contó una vez que había estado en la cárcel... –y añadió–: ¿Qué harán con *Sun* y con las gallinas? *Sun* es arisco con mi padre, pero a mí y a Tony nos quiere... A veces le llevamos azúcar.

—No te preocupes por ellos –dijo Rafa–. Seguramente, alguna sociedad protectora de animales los recogerá.

El muchacho admiró el espíritu sensible de la pequeña. A pesar del infierno en que había vivido, su corazón todavía era capaz de sentir afecto por un animal y tratarlo con consideración.

—¿Y podré verlo? –insistió–. Es amigo mío. No lo matarán, ¿verdad?

—¡Claro que no! –se apresuró a decir David–. Estoy seguro de que todo se arreglará.

—Yo mismo daré parte a una protectora y me ocuparé del caso –prometió Rafa.

—¿Dónde viviremos nosotros? –siguió preguntando la pequeña.

—No te preocupes, quizá os adopte una familia –respondió David.

—¡No quiero que me separen de Tony! –gritó María.

—¡María! –chilló el niño, visiblemente asustado.

—Tranquilos, pequeños, nadie os separará –afirmó David–. Pero, María, recuerda lo que te he dicho: ahora iremos a la policía y has de contarles exactamente lo mismo que a nosotros, ¿de acuerdo?

La niña asintió con la cabeza.

Ya era de día. Rafa se puso en pie y propuso seguir. Les quedaban unos tres kilómetros hasta el pueblo, pero el camino era bueno y en descenso.

22

Todo se aclara

DURANTE el trayecto, David les habló a sus compañeros del accidente de Nuria, del viaje en ambulancia y de que el borracho no solo se negó a prestarles ayuda, sino que encima se enzarzó en una pelea con Jordi y Álex.

—¡Caramba, David! –exclamó Ana–. Has sido una bendición para Nuria y para nosotros. ¿Cómo se te ocurrió volver allá arriba, y más de noche?

—Era muy tarde. No habíais vuelto y sabía que el borracho había tomado ese camino... Probé con el móvil, pero no teníais cobertura. No sé, intuí que algo iba mal.

—¡Pues bravo por tu intuición, tío! –exclamó Víctor–. ¡Y por partida doble!

—Hablando de móviles –comentó Rafa–. ¿Por qué el borracho no nos cacheó por si llevábamos uno?

—¿Para qué? –respondió su amigo–. De sobra sabe que allí no hay cobertura y, aunque os soltaseis, no podríais usarlo.

En cuanto llegaron a la población, David se adelantó para dirigirse al albergue y tranquilizar a sus compañeros. Sabía que Nuria, Álex y Jordi estarían asustadísimos y sin saber qué hacer. De hecho, se tropezó con Jordi a pocos metros de la puerta cuando iba en busca de un agente sin estar muy seguro de qué explicarle. En pocos minutos, Nuria y Álex se unieron a ellos y los cuatro caminaron al encuentro del resto del grupo mientras el mayor explicaba a grandes rasgos toda la historia.

—¿Eso es verdad? –preguntó Jordi, incrédulo.

—Desgraciadamente, sí.

—¡Pobres niños! –exclamó Nuria, que tenía dificultades para andar y utilizaba una muleta.

Cuando todo el grupo se reunió en la plaza mayor, al lado del Ayuntamiento y de la Policía Local, María se derrumbó y volvió a llorar. Ana trató de tranquilizarla, abrazándola. Dejaron pasar unos minutos antes de decidirse a entrar. Todos estaban sucios y demacrados. No habían comido ni bebido en horas y habían pasado la noche en blanco.

—Nos detendrán en cuanto nos vean –dijo Álex–. ¡Parecemos una pandilla de navajeros!

—Exploradores, más bien –replicó su hermano–. ¡Tenías que haber estado allá arriba, tío!

—Gracias, pero Jordi, Nuri y yo ya nos hemos tragado lo nuestro.

—¿Es que siempre tienes que hablar de comida aunque no venga a cuento? –añadió Víctor.

—¿Comida? ¿Qué he dicho de comida? Por si no lo sabéis, no he desayunado.

—Nosotros tampoco –respondió David, riendo.

María ya se había tranquilizado un poco. Rafa la tomó de la mano y todo el grupo avanzó en dirección a la Policía Local.

Uno de los agentes que estaban de servicio miró a los chicos con cara de pocos amigos, pero en segundos Rafa le hizo un breve relato de lo ocurrido.

—¿Y cómo se os ocurrió subir hasta Can Belanyé?

—No me creerá si se lo digo.

—Prueba.

—Encontré un mensaje en una botella –afirmó Rafa.

El agente miró al muchacho sin estar seguro de si todo aquello era cierto o se trataba de una gamberrada, pero poco a poco los chicos fueron explicando su experiencia. Comenzaron por su primer encuentro con el borracho y las palabras que usó para referirse a su mujer y a sus hijos, que dijo que estaban con la abuela. También explicaron que trató de apartarlos de Can Belanyé, que se negó a ayudar a Nuria, los golpeó y ató en el corral. María hizo una amplia exposición de lo que había sido su vida y la de Tony hasta ese instante, y el agente se apresuró a tranquilizar a la pequeña. Él y su compañero se hicieron cargo de los dos niños y dispusieron lo necesario para trasladarlos en primer lugar a un hospital. Luego organizarían la inspección de Can Belanyé y la captura del padre de los pequeños.

Con un fuerte abrazo, los muchachos se despidieron de María y de Tony pocos minutos más tarde, no sin antes haberle dado a la niña algunos números de teléfono. Rafa y David hablaron algo más con uno de los agentes mientras el resto del grupo esperaba en el exterior.

Quedó claro que José estaba de *okupa* en la finca y que el corral cerrado, el que se hallaba a mitad de camino, lo usaba aquel sujeto para guardar lo que fuera; quizá los golpes metálicos que oyeron Jordi, Álex y Nuria fueron dados para colocar la cerradura o reforzar la puerta, pero lo que el policía no lograba entender era el motivo por el que el tipo había atado a los chicos y los había retenido. Solo se le ocurría que quizá esperara la llegada de alguien más y no quería que los muchachos se toparan con él, pero ni había aparecido nadie más ni aquello tenía sentido. Rafa y David dejaron sus números de móvil y se despidieron finalmente del sargento y del agente que les habían atendido.

—¿Qué hacemos? –preguntó Jordi.

—Dormir –afirmó Ana–. ¡Dormir hasta un segundo antes de que salga el tren!

Todos estuvieron de acuerdo, pero Álex objetó:

—¿No podemos desayunar primero?

—¡Puedes comerte mi ración de hoy! –exclamó David, riendo.

—¡Y también la mía! –afirmó Nuria.

Rafa miró a su amiga inquisitivamente...

—Está bien... Álex: ¡te daré la mitad!

Los chicos se asearon. Luego, Rafa y David fueron al club a recoger las fotos, y finalmente, tras un breve tentempié, todos durmieron hasta las seis de la tarde. A las siete, todavía agotados, subieron al tren.

Acababa de ponerse el tren en marcha cuando Rafa recibió una llamada telefónica. Extrañado, tomó el móvil y respondió al comisario de policía que estaba al otro lado del aparato:

—Estamos en el tren, no puedo ir. ¿Ocurre algo?

—(...)

—No vimos más que lo que les hemos dicho... No, no nos dijo por qué nos retuvo atados; a mí también me pareció ilógico.

—(...)

—¿Algo o alguien por el camino de vuelta? No vimos a nadie hasta llegar a la aldea, solo nos tropezamos con un corral medio en ruinas pero cerrado, no llegamos a entrar.

—(...)

—¿Si vimos algo raro? Bueno... ¡Todo fue raro! ¡De principio a fin!

—(...)

—¿Cómo? ¿Un chaval de ocho años? Ayer noche, Víctor, Ana y yo estábamos allá arriba, y el resto de compañeros, en el albergue... David salió, pero no vio nada... Sí, claro, ahora se pone.

Rafa alargó el móvil a su amigo y aclaró:

—Es el comisario de la jefatura, parece que acaba de llegar y quiere más detalles.

La conversación se prolongó un poco más mientras el grupo escuchaba expectante las palabras de

David. Cuando colgó el aparato, todos lo interrogaron con la mirada.

—Querían saber si durante el camino que hice de noche vi a alguien o me topé con algo extraño.

—¡Pero si ya hemos explicado de todas las maneras posibles lo que sabemos! –exclamó Jordi.

—Es que puede que haya algo... El tipo está fichado. Y la última vez que pisó la cárcel fue hace año y medio...

—¿Y? –inquirió Ana.

—Están algo agitados –informó el joven–. Parece ser que ayer noche desapareció un chaval de ocho años cuando salía del gimnasio en dirección a su casa, que está a dos manzanas. Nadie vio nada raro ni se tienen noticias hasta ahora, pero temen que sea un secuestro porque el chico es hijo de un industrial bastante rico.

—¿Y qué tiene eso que ver con nosotros? –preguntó Nuria–. ¡Y el borracho no es el secuestrador!

—Pero podría ser cómplice... Parece ser que María ha dicho que su padre hablaba de que muy pronto serían ricos y vivirían en otro sitio. Esto, unido a la desaparición del niño y al interés de José por alejarnos de la masía y luego retener a los que estabais allá arriba, podría apuntar a que iba en combinación con otro tipo y esperaba que tomara el camino de Can Belanyé... Han avisado a los Mossos y hay un gran despliegue, pero creen que en cuanto hable José darán con el niño, eso suponiendo que no esté en el corral que vimos y que van a echar abajo.

—¿Ya lo han recogido? –preguntó Álex, refiriéndose al borracho.

—Han ido a buscarlo en helicóptero.

—Bueno, en cualquier caso tienen al tipo para interrogarlo –concluyó Rafa.

Aquella idea no era muy descabellada, después de todo, y, de ser cierta, significaría que el cómplice del borracho sería el ejecutor del secuestro y que se habría dirigido a algún lugar entre Ollau y Can Belanyé... Pero todo eso eran solo especulaciones. La verdad no tardarían en saberla, porque, de ser cierto lo del secuestro, pronto se tendrían noticias del caso.

—¿Sabéis una cosa? –comentó Ana–. No volveré a quejarme de mis padres. ¡Dios mío! ¡Pobres niños!

—¡Y que lo digas! –afirmó Nuria–. ¿Cómo pueden existir personas así?

La respuesta, no obstante, quedó en el aire. Los muchachos estaban demasiado cansados para conversar e hicieron el resto del viaje casi en silencio. Ana era la que se apeaba primero, en un pueblo cercano a Barcelona. En cuanto vio a su padre en el andén se sintió tremendamente bien, protegida y querida, y al saltar del tren lo saludó con un tierno «Hola, papaíto. ¡Te adoro!».

En la siguiente parada se apearon el resto de los chicos. Entre Rafa y David ayudaron a Nuria a descender del tren y la acompañaron hasta el lugar en que la esperaban sus padres y su hermana, la pequeña Mireia, de solo cuatro años. La muchacha se abrazó a su familia y se despidió de sus amigos, que ya caminaban en dirección al metro. De nuevo, Nuria miró a sus padres, que estaban muy preocupados por la fractura de la pierna y que ya habían pedido hora para que la viera un médico... La muchacha sintió un nudo en la garganta y respiró profundamente unas cuantas veces, pero no pudo evitar que unas lágrimas resbalaran por sus mejillas al recordar a Tony y a María... ¿En cuántas ocasiones se había quejado de sus padres? ¿Cuántas veces se había enfadado mientras iban de médico en médico para tratar su problema de anorexia? Nuria se sintió mal consigo misma y se consideró egoísta. ¿Acaso sus padres no se habían desvivido siempre por ella y por Mireia? ¿Acaso no le habían proporcionado un hogar feliz? Siempre creyó que lo que tenía era normal. ¡Y lo era, por supuesto! Pero jamás había pensado que existían niños que vivían aterrorizados, maltratados por sus progenitores...

Nuria siguió a su familia. Mejor dicho: su padre la cogió en hombros hasta el taxi, y la joven sintió una mezcla de bienestar y de dolor, porque por mucho que se esforzara, sabía que nunca olvidaría a María y a Tony, el infierno que vivieron y, lo que era peor, el infierno en que vivían miles de niños anónimos...

Cuando la joven llegó a su casa, se conectó a Internet... ¡Seis mensajes aguardaban en su correo electrónico! ¡Sus seis amigos se preocupaban por ella!

Radiante de felicidad, Nuria los leyó todos, pero el que más le gustó fue el de David:

> «Pocas jóvenes habrían aguantado como tú, estoicamente. ¡Ánimo, Nuri! Tienes amigos que te queremos, de modo que ya puedes ponerte las pilas para que tu pierna se cure lo antes posible. ¿Has pensado cuántas aventuras nos quedan por vivir?
>
> Piensa en tu pierna como si estuviera curada y, tenlo por seguro, se curará más deprisa. Ya sabes hasta qué punto la mente domina al cuerpo... Recibe todas mis mejores vibraciones y un abrazo muy, muy fuerte. David».

Con una mueca de felicidad en el rostro, Nuria apagó el ordenador, cenó un poco y se acostó. Por un momento pensó en María y en Tony, luego recordó que habían sido rescatados, que ya no vivirían en aquel infierno, y eso hizo que se sintiera más feliz... Con el mensaje de David en su mente, la joven se durmió al fin, perdiéndose en la dulce inconsciencia de cada noche y sintiéndose feliz por tener una familia que la amaba y unos amigos que se preocupaban por ella.

23

Nuevas revelaciones

UNOS días más tarde, todos los ordenadores del grupo de chicos echaban humo mientras se ponían mutuamente al corriente de las últimas noticias. Álex y Víctor, que compartían ordenador, hubieron de turnarse para chatear, pero lograron ponerse de acuerdo y no discutir en exceso.

Entre lo que se sabía por las noticias y lo que David averiguó a través de su tío, el comisario, llegaron a la conclusión de que habían estado muy cerca de adivinar la verdad. Pronto supieron que el padre de María y de Tony había pasado temporadas entre rejas y la última vez fue por un delito de robo con violencia. Hacía tiempo que tenía planeado ganar dinero fácil y pensó que un secuestro sería lo ideal. En la cárcel hizo amistad con un tal Moncho, que cumplía condena por atraco a mano armada además de otros delitos, y entre los dos empezaron a dar forma a un plan. No sería de manera inmediata, pero se harían ricos. Cuando el primero salió de la cárcel, a Moncho aún le quedaban tres años, pero desde ese mismo instante empezó su cuenta atrás. ¡Ahí estaba su oportunidad! Al morir la madre de los niños, José ya no dudó. Se trasladó con ellos cientos de kilómetros hasta encontrar un lugar deshabitado en una zona de montaña, al lado de la frontera y cercano a un pueblo relativamente grande. ¡Allí se instalarían de *okupas!* No se registraría en el censo ni permitiría a los chicos ir hasta el pueblo, que, por lo demás, quedaba lo suficientemente lejos. La aldea de Ollau era un pequeño incordio para pasar inadvertidos, pero comprobó que la habitaban cuatro viejos y, cuando respondió a sus miradas con mal talante, empezaron a evitarle. Estaba seguro, además, de que ninguno de ellos subiría hasta su casa, y si el Ayuntamiento se enteraba y le echaban de allí, se iría a un sitio parecido; pero no creía que a corto plazo sucediera eso... Aun así, cuando usaba el burro para subir carga, daba un rodeo por los alrededores de la aldea evitando el sendero principal, aunque pronto dejó de preocuparle que le vieran.

La segunda tarea sería buscar un sitio apropiado para construir poco a poco un zulo, no en la misma casa, pero sí relativamente cerca para poder ir y venir. Cuando estuviera preparado, estudiaría detenidamente a los habitantes del pueblo principal. Pensaba que en los sitios de montaña suele haber gente rica y siempre cabía la posibilidad de toparse con un industrial adinerado, aunque solo estuviera allí durante las vacaciones. Pero la fortuna le sonrió cuando supo que había una familia muy acaudalada que residía allí todo el año; eran dueños de una cadena de supermercados y tenían un niño de ocho años... Lo del niño era ideal. No podían coger a un hombre ni a una mujer porque habría que subirlo a cuestas hasta el corral, por lo menos desde Ollau, y el peso era un factor muy importante. Por supuesto, iría amordazado y narcotizado... ¿Y quién pensaría en un zulo sin acceso en coche? ¿Quién buscaría en medio de un sendero que conducía a ninguna parte? Durante un tiempo consideró la posibilidad de utilizar al burro como transporte, pero era un animal enclenque y asustadizo, daría problemas y llamaría la atención; esa idea la desechó.

¡Y ahí entraba Moncho, un hombretón de metro noventa, y ciento y pico kilos! Los dos hombres se habían mantenido en contacto desde que idearon el plan. Habían consultado horarios de trenes y aprovechado permisos penitenciarios para hablar, siempre desde teléfonos distintos o cabinas; no tenían prisa y esperaban el momento oportuno. Por su parte, Moncho se estaba comportando muy bien en la cárcel y ello le permitía un régimen de permisos de fin de semana... Esperarían uno de esos permisos, confirmado con suficiente antelación, para actuar. Mientras José se dejaba ver borracho y llamaba la atención para que nadie pudiera relacionarle con el secuestro, lo que significaba que a nadie se le ocurriría buscar por Can Belanyé, suponiendo que lo relacionaran con la casa (sabía que en los pueblos los fisgones se acababan enterando de todo), Moncho cogería la llave que su colega dejó en el puente, se haría con el chaval y lo dejaría en el corral. Allí estaba el zulo, tapado con una plancha y disimulado con paja y estiércol. Luego, el presidiario se desharía de la llave del candado que encontraría puesta y de la del corral, desaparecería otra vez y regresaría puntualmente a su celda, situada a mil kilómetros. Por supuesto, se desharía de los billetes de tren y conservaría en su bolsillo otros de ida y vuelta, que no había usado, y que le habrían trasladado lo suficientemente lejos de su destino real. Mientras, el borracho llamaría a la familia, pediría rescate y alimentaría al crío sin dejar que le viera la cara... Si todo salía bien, en un par de días tendrían el dinero y nadie los relacionaría en absoluto con el caso.

—¿Os dais cuenta? –observó David–. ¡Los dos tenían coartada!

—Por eso nos retuvo a nosotros –siguió Rafa–, porque esa noche era la del secuestro, cuando Moncho iba a trasladar al niño hasta el corral, y tuvo miedo de que viésemos algo.

—¡Vaya casualidad que eligieran ese fin de semana! –exclamó Ana.

—Y que Rafa encontrara el mensaje –añadió Álex a través del MSN.

—¡Mejor aún que se lo creyera! –puntualizó Víctor.

—No solo se han salvado María y Tony, sino también ese pobre chaval –escribió Jordi.

—Lo que no entiendo –apuntó Ana– es que viviera con sus hijos: ¡no los quería! ¿No eran un problema para él?

—Le servían para cuidar la casa y... ¿quién sabe?, tal vez pensó que con ellos a cuestas podría garantizarse algún tipo de ayuda económica –respondió Rafa.

—Era carterista –informó David–. Por lo que ha *cantado* se le daba muy bien, pero siempre iba a la ciudad, nada de *trabajar* en el pueblo... No sé. Pienso que ha utilizado a María y a Tony como sirvientes y que los habría dejado tirados en cualquier parte cuando se hubiera hecho con el dinero del rescate. Lo más probable es que hubiera huido a Francia, dejándolos a cargo de los servicios sociales. Pero eso sólo lo sabe él.

—¡Vivan las casualidades! –apuntó Rafa.

—86 73 86 65 78 –escribió Jordi.

—86 73 86 65 78 –repitió Víctor.

—¡VIVAN! –chateó Álex.

—Chicos... –concluyó Nuria–. ¿Seguís sin aceptar que la casualidad no existe?

Sus amigos se quedaron un momento pensando una respuesta y Nuria rió para sus adentros.

De pronto, el silencio virtual lo rompió David enviándole un guiño de complicidad. Él también veía la vida desde un ángulo parecido al de Nuria. Ese simple gesto llenó a la muchacha de felicidad y, contenta y optimista, se despidió de sus amigos enviando besos y abrazos virtuales a todos ellos, cosa que los demás imitaron entre carcajadas hasta que las pantallas de los ordenadores se convirtieron en una mezcolanza de colores, vibraciones, caritas, emoticonos y logos de todo tipo.

alta mar

Taller de lectura

Miedo y misterio en los Pirineos

A fuerza de compartir con esta pandilla horas de lectura y de emoción, nos hemos hecho más y más amigos de ellos, porque los conocemos más y mejor.

Y ahora, tú y yo vamos a comenzar juntos una apasionante aventura: la de adentrarse en el corazón de una novela... Y para eso ¡nada mejor que empezar conociendo el corazón de sus personajes!

1. Los personajes

1.1. Quizá tú eres de los que ya ha compartido algunas aventuras con los protagonistas de esta historia, en otros títulos de la misma autora: *El secreto del caserón abandonado* y *El misterio de los cachorros desaparecidos*. Busca información en el libro y resume a continuación y muy brevemente el argumento de cada uno de estos dos libros:

a) *El secreto del caserón abandonado:*

....

....

....

....

b) *El misterio de los cachorros desaparecidos:*

....

....

....

1.2. Aunque no hayas leído los dos libros anteriores, ya conoces a sus personajes gracias a esta nueva entrega. Nuria, David, Jordi, Rafa, Víctor, Ana y Álex son nuestros protagonistas, y cada día un poco más amigos nuestros. Y ahora... ¡vamos a demostrar que los conocemos muy bien! Contesta:

a) ¿Cómo es Nuria? Descríbela.

....

....

....

b) ¿Por qué es Rafa el líder del grupo? ¿Cómo es su personalidad?

....

....

c) Reflexiona sobre la relación entre Ana y Rafa. ¿Crees que existe entre ellos una relación de admiración mutua? Pon ejemplos.

....

....

....

....

d) Compara los caracteres de los dos hermanos, Víctor y Álex.

....

....

....

....

....

e) La amistad entre Víctor y Jordi cada vez está más consolidada. ¿Qué crees que les une y les hace tan buenos amigos?

....

....

....

....

f) De toda la pandilla, quizá es David el más desconocido para nosotros. Aun así, de su intervención en la acción de esta novela podemos deducir bastantes cosas sobre su modo de ser. Descríbelo y pon ejemplos del texto para ilustrar la descripción.

....

....

....

....

....

1.3. Poned en común todos vuestros comentarios sobre los personajes de la novela.

1.4. De todos los protagonistas, seguro que sientes especial simpatía por alguno de ellos. Pues bien, intenta imaginar cómo será su vida en su entorno habitual.

....

....

....

....

....

2. Deportes de aventura

2.1. A algunos miembros de la pandilla les encantan los deportes de aventura; y aunque a otros no tanto, todos acaban practicando el rafting y reconociendo que ¡se han divertido de lo lindo!

El monitor les explica las normas elementales para practicar este deporte. ¿Serías capaz de resumirlas aquí?

....

....

....

....

....

....

....

2.2. Además del rafting, existen muchos otros deportes de riesgo. Enumera algunos.

....

....

....

....

2.3. Elige un deporte de riesgo, infórmate en Internet y escribe las principales normas para practicarlo.

....

....

....

....

....

....

2.4. Nuestros amigos de la pandilla cometen más de una imprudencia cuando van por el monte. Infórmate en alguna web de algún parque natural sobre las precauciones que hay que tener a la hora de ir por el monte. Después, en tu cuaderno, anota junto a cada una de ellas si nuestros amigos las han seguido y, en caso contrario, explica los riesgos a los que se exponían.

Precauciones o normas	¿Las cumplen?	Posibles consecuencias

2.5. Documéntate sobre algún suceso trágico sucedido por cometer imprudencias en el monte. Resúmelo aquí.

....

....

....

....

....

3. Un mensaje sorprendente

3.1. Ya sabes que Víctor y Jordi utilizan un lenguaje peculiar con el que se entienden ellos y todos aquellos que conocen el código para descifrarlo. Ahora invéntate tú un lenguaje (a base de pictos, de números, de combinaciones de letras o números...) y escribe el mensaje que encontró Rafa en ese lenguaje creado por ti. Luego, escribe a continuación el código para que cualquier amigo pueda entender tu mensaje.

....

....

....

3.2. Con el mismo lenguaje utilizado en la actividad anterior, escribe un nuevo mensaje, y pídele a alguien que lo descifre.

3.3. Intenta descubrir el código para descifrar el siguiente mensaje:

Arut nev aaveun an uaba rep se se
le uqn abahc eps os on nor einueres
alli dn apa le dsoc ihc sol odnauc

3.4. Y ahora, volvamos al mensaje de la novela. Imagina, imagina... Si tú hubieras encontrado el mensaje que encontró Rafa en la botella, ¿hubieras seguido investigando hasta dar con el enigma? ¿Por qué?

....

....

....

4. Recordar y resumir

Vamos a recordar algunos sucesos acontecidos en la novela.

4.1. ¿Por qué el borracho les intenta confundir sobre la situación de Can Belanyé?

....

....

....

4.2. ¿Por qué se dividen en dos grupos durante la excursión?

....

....

....

¿Por quiénes está formado cada uno de los grupos?

....

....

....

....

4.3. ¿Qué les sucede a cada uno de los grupos?

....

....

....

....

4.4. ¿Qué misterio escondía el borracho?

....

....

....

....

¿Encuentras alguna explicación a su conducta?

....

....

5. El maltrato de niños

5.1. El desenlace de la novela nos deja sumidos en el horror de constatar una tremenda realidad: el maltrato que sufren algunos niños. Explica qué problema tenían los niños del relato.

....

....

....

....

....

5.2. Infórmate sobre el problema del maltrato a niños: estadísticas, realidad social… y elabora un breve informe sobre ello. Después, con los datos obtenidos, elaborad un mural.

....

....

....

....

....

....

....

5.3. Recuerda la reflexión personal que hace Nuria en relación con este tema: «¿En cuántas ocasiones se había quejado de sus padres? ¿Cuántas veces se había enfadado mientras iban de médico en médico para tratar su problema de anorexia? Nuria se sintió mal consigo misma y se consideró egoísta. ¿Acaso sus padres no se habían desvivido siempre por ella y por Mireia? ¿Acaso no le habían proporcionado un hogar feliz? Siempre creyó que lo que tenía era normal. ¡Y lo era, por supuesto! Pero jamás había pensado que existían niños que vivían aterrorizados, maltratados por sus progenitores...».

Haz tu propia reflexión.

....

....

....

....

....

....

....

....

....

....

5.4. Hay otros colectivos que también con frecuencia sufren maltrato. Escribe sobre ellos.

....

....

....

....

....

....

....

....

....

....

....

....

....

5.5. Organizad un debate en clase: ¿qué medidas se deberían tomar para acabar con la lacra de los maltratos (a niños, mujeres, ancianos...)?

Recordad que debéis hablar por turnos respetando el turno de palabra.

6. Un nuevo final

Y para finalizar con una sonrisa, imagina cómo será la nueva vida de María y de su hermano Tony a partir de ahora.

....

....

....

....

....

....

....

Índice

Series de la colección

Aventuras

Ciencia Ficción

Cuentos

Humor

Misterio

Novela Histórica

Novela Realista

Poesía

Teatro

Títulos publicados

A partir de 12 años

2. Montserrat del AMO. **El abrazo del Nilo** (Aventuras)
3. Fernando ALMENA. **Los pieles rojas no quieren hacer el indio** (Teatro)
4. Ángela C. IONESCU. **«Déjame solo, Joe»** (Cuentos)
9. Juana Aurora MAYORAL. **La cueva de la Luna** (Ciencia Ficción)
10. Sauro MARIANELLI. **Una historia en la Historia** (Novela Histórica)
11. Pilar MOLINA LLORENTE. **Aura gris** (Novela Histórica)
13. Samuel BOLÍN. **Los casos del comisario Antonino** (Misterio)
15. Elvira MENÉNDEZ. **La máquina maravillosa** (Ciencia Ficción)
20. Gloria FUERTES. **La poesía no es un cuento** (Poesía)
21. Juana Aurora MAYORAL. **Enigma en el Curi-Cancha** (Novela Histórica)
22. Alan C. McLEAN. **El fantasma del valle** (Aventuras)
25. Jacques FUTRELLE. **La Máquina Pensante** (Misterio)
26. José Luis VELASCO. **El Océano Galáctico** (Ciencia Ficción)
38. Ángela C. IONESCU. **El país de las cosas perdidas** (Cuentos)
39. Concha LÓPEZ NARVÁEZ. **El tiempo y la promesa** (Novela Histórica)
43. Fernando ALMENA. **El cisne negro** (Teatro)
45. Alfredo GÓMEZ CERDÁ. **El laberinto de piedra** (Aventuras)
47. G. BEYERLEIN y H. LORENZ. **El sol no se detiene** (Novela Histórica)
49. Montserrat del AMO. **¡Siempre toca!** (Teatro)
51. Enrique PÁEZ. **Devuélveme el anillo, pelo cepillo** (Misterio)

55. Raúl JIMÉNEZ. **Aldurabahim** (Aventuras)
57. Samuel BOLÍN. **Nuevos casos del comisario Antonino** (Misterio)
63. Francisco DÍAZ GUERRA. **El alfabeto de las 221 puertas** (Aventuras)
69. Fernando ALMENA. **El misterio indescifrable** (Ciencia Ficción)
70. M.ª Dolors ALIBÉS. **Superfantasmas en un supermercado** (Humor)
75. Juana Aurora MAYORAL. **Tres monedas de un penique** (Misterio)
79. Enrique PÁEZ. **El Club del Camaleón** (Misterio)
80. Joan Manuel GISBERT. **El enigma de la muchacha dormida** (Aventuras)
84. Concha LÓPEZ NARVÁEZ. **La tejedora de la muerte** (Misterio)
87. José María MENDIOLA. **El castillo de Lora** (Misterio)
96. Nina WARNER. **La luna en el agua** (Aventuras)
100. Montserrat del AMO. **El bambú resiste la riada** (Novela Realista)
109. José Luis OLAIZOLA. **El cazador urbano** (Novela Realista)
114. Alice VIEIRA. **Portal 12, 2.º centro** (Novela Realista)
117. José Antonio PEROZO. **Cuentos mágicos** (Cuentos)
120. Trini LEÓN. **Un amigo por un par de tomates** (Novela Realista)
126. Kenneth IRELAND. **La máscara de hombre-lobo** (Misterio)
137. Pilar LÓPEZ BERNUÉS. **El secreto del caserón abandonado** (Misterio)
142. Jill RUBALCABA. **Un lugar en el sol** (Novela Histórica)
145. M.ª Carmen de la BANDERA. **El héroe y la traición** (Novela Histórica)
153. Chelo MORALES. **Barasingha** (Aventuras)
157. Pilar LÓPEZ BERNUÉS. **El misterio de los cachorros desaparecidos** (Misterio)
161. Christine NÖSTLINGER. **Amigas para siempre** (Aventuras)
170. Jo PESTUM. **Trece minutos después de medianoche** (Misterio)
175. Pilar LÓPEZ BERNUÉS. **Miedo y misterio en los Pirineos** (Misterio)

También te gustarán

Otros libros de la Serie: Aventureros en acción

El secreto del caserón abandonado.
Pilar López Bernués
Colección Altamar, n.° 137

La idea de pasar el verano en una remota aldea del Pirineo no entusiasma a Ana, pero en cuanto conoce a Nuria, Álex, Víctor, Jordi y, sobre todo, a Rafa, no tarda en cambiar de opinión. Y es que resolver el misterio que rodea a un viejo caserón abandonado va a convertirse en una aventura apasionante para este grupo de jóvenes amigos. Intriga, acción, amistad y amor en unas vacaciones llenas de sorpresas.

Otros libros de la Serie: Aventureros en acción

El misterio de los cachorros desaparecidos.
Pilar López Bernués
Colección Altamar, n.° 157

Un grupo de amigos –Rafa, Ana, Nuria, Álex, Víctor y Jordi– se reúnen para disfrutar juntos de un tranquilo fin de semana en casa de Ana. Pero la misteriosa desaparición de unos cachorros abandonados les hará protagonizar una emocionante aventura, y lo que prometía ser un apacible reencuentro de amigos se convierte en una inquietante sucesión de extraños acontecimientos... Amistad y amor, intriga y acción; todo tiene cabida en un fin de semana lleno de apasionantes sorpresas.